登場人物
characters
ペリドット
キリ

テテニー
ウェイン
リルエッタ
ユーネ

冒険者ギルドが
十二歳からしか
入れなかったので、
サバよみました。

03

目次

Story by KAME
Illustration by ox

「いやぁ、やってしまったねぇ！」

「やっちゃったっスねリーダー！　大炎上！」

「バッハッハ！　夜の海に燃える船の灯りが映えるわい」

「フフフフフフフフフフフフフフ。なかなか豪奢な船舶でしたが、悪徳なる賭博船は焼け朽ちる様が一番美しいですねぇ。暗夜を照らすこの炎こそは女神アーマナが望む尊き平和への篝火《かがりび》でありましょう。どうれ一献《いっこん》」

燃えて沈んでいく船を遠目に眺めながら、緊急用のボートを漕ぐ。炎の灯りが照らす中、乗客たちが次々と夜の海に飛び込んでいくのが見えた。港町のヒリエンカで泳げない者は……まあ、ドワーフなどを除けばあまりいないし、岸も近いから大丈夫だろう。

これだけ派手に炎上していれば海兵だって気づいているはずである。

「ようし、これで依頼は完遂だ。やっと退屈な仕事から解放されたね！」

「でもでもリーダー、領主様から言われたことは達成してなくないっスか？」

「フフン、元凶が潰れたんだから問題ないサ！　証拠集めなんて捕まえた後、兵士がじっくりやればいいだろう？」

「たしかに！」

炎上する船から視線を外す。夜の闇を照らす光景は美しいし、真っ暗な海へ怯えながら飛び降りる悪者たちの様子などなかなか見えるものではないが、しかし長く観賞していられるほど面白いとは感じない。つまり飽きた。

ボートに乗っているのは自分を合わせて四人。目をキラキラさせて身を乗り出して耳をピンと伸ばした兎獣人の少女と、沈む船を肴《さかな》に拝借してきた上物の酒を酌み交わすドワーフの戦士と人間の神官。けっこうな無茶をしたのに三人とも楽しそうに笑っていて、だからぼくも自然と笑んでしまう。

——うん、やはり仲間はいい。

「ようし、帰ろうか。我らが暴れケルピーの尾びれ亭に！」

ぼくは心の赴くままにボートの舳先に立って、両腕を広げ全身に海風を受ける。べたつく潮風に自慢の髪がバタバタと暴れたけれど、それすらも心地よかった。

第一章

美しき奇人

冒険者の店は閉まる時間が短い。

一般の人々と違い、仕事内容の定まらない冒険者は決まった時間に行動するわけではない。朝に出て夜に戻ってくる奴らもいれば、夜に出て朝に戻ってくる奴らもいる。

依頼は様々で、それを請ける冒険者はバラバラで、冒険者の店はそれを纏めて対応しなければならない。

だから店は深夜に閉めて、夜明け前に開けるのが常だった。

閉店時間だってのにいつまでも居座って飲んでいる奴もいるが、そういうのはもう追い出すか店内に閉じ込めてしまうことにしている。常識の無いバカどもにギャアギャア言われようが知ったことではないし、もし店に悪さでもしようものなら暇な腕利きに地の果てまで追わせて袋叩きにさせればいい。

短い閉店時間と、昼の時間に雇っている従業員に受付を交替してもらっている間が、暴れケルピー

I cheated my age because the Adventurer's Guild only allowed entry from twelve.

の尾びれ亭店主の休憩時間。――とは言っても、昼にゆっくり休めることはあまりないのだが。

「いいかげん、人手不足をなんとかするべきだな……」

まだ暗い時分に店の扉の鍵を開け、受付にどっかと座って大きく息を吐く。この時間はさすがに人はいないが、町をぐるりと囲む壁の門が開くのと同時に出発したい奴らなんかは、そう時間を経ることなくやってくるだろう。

以前のこの店は、無理なく交替制で回っていた。しかし仕事量が多くなりそろそろ受付カウンターの数を増やそうかと考えていたタイミングで、長年勤めていた従業員が一気に二人も辞めてしまった。

残った者で穴埋めをやっているが、このまま続けるのはさすがに難しい。

十年と少し前に今の領主になってから、この港町は少しずつ大きくなっている。町に人が増えれば冒険者の数は増え、そして店に寄せられる依頼は増えた。当然、この店の仕事量も増加している。

しかも下水道の新区画が見つかったことで、この町はこれからさらに発展する可能性が高いと噂されていた。

そろそろ本当に人を増やさないとマズいのだろう。……とはいえ、冒険者というならず者まがいの連中を相手にしなければならない場所である。まっとうに従業員募集しても、まっとうな奴はまず来ない。

「いっそ奴隷でも買うかね……」

手っ取り早く人員を補充するならそれが一番早い。奴隷商まで行けばすぐにでも見繕うことができるだろう。

……ただ奴隷となると、一度買ったらその先ずっと面倒を見ることになる。選択肢としてありではあるが、買うのは犬猫ではないのだ。検討の段階でもう腰が引けてしまう。

しかし、だ。店主である自分がずっと店番をやっているわけにはいかないのだ。店の仕事の他に、ギルド員としての仕事もある。

「……ふん」

受付のカウンター下にある引き出しを開け、手のひらに収まる大きさの薄い金属板を取り出す。表面に彫られているのは冒険者ギルドと、暴れケルピーの尾びれ亭の印。

これの管理も自分の仕事だ。

「フフン、読み書きや計算ができる奴隷はお高いものだよ、マスター・バルク！」

不意に男性のものにしては高くてよく通る、舞台役者のような美声が響いた。

この店には似つかわしくないそれは、しかしウンザリするほど聞いてきたもの。

「アア、モチロンそれだけじゃあ足りないよね。受付にするなら一般人に対応するための品性と、荒くれ者たちを相手にする度胸が備わっている者でなければ。依頼内容を理解する知力もいるね。守秘義務を重んじる責任感の強さはどうかな？　いやぁ、なかなか値が張る買い物になりそうだね」

キザったらしい口調にゲンナリしたが、もっともな指摘には舌打ちする。

普通、奴隷なんて下働きをさせるものだ。冒険者の店の受付を任せられるような人材が奴隷落ちすることとなんてまずないし、いたとしてもかなりの額になるだろう。

「マスター・バルク。これは忠告だけれど、目先の浅慮《せんりょ》で安く買って評判を下げたりしないように。ここは一応、ぼくが——太陽の輝き宿すペリドットの出入りする店なのだからね！」

フフンと鼻で笑って、顔が映るほど磨き上げられた板金鎧を身につけた青年が明るい緑の長髪をかき上げる。

……その誰も呼ばない二つ名やめろ恥ずかしい。あと鬱陶しいから切れその髪。

「久しぶりだなペリドット、仕事は終わったのか？」

「当然サァ。なかなかやりがいのある仕事だったけれど、いつも通り完璧にね。ぼくの新たな武勇伝を聞くかい？　美しい珊瑚に囲まれた隠れ小島に棲むマーメイドと叶わぬ恋をし、涙の加護を得て海中から夜闇の隙間を漂う船賭場に潜入任務を成功させ、麗しき我らがヒリエンカの町を侵そうとする巨悪を見事討ち果たしたこのぼくの活躍を！」

「報告で話を盛るな。船賭場の入り方ならムジナ爺さんに聞いてただろお前」

「民衆は心躍る物語を所望《しょもう》するものだよ」

これ見よがしにため息を吐いてやってから、額を押さえる。

コイツと話すと頭痛がするが、だからと言ってあまり無下な扱いをするわけにもいかない。

こんなのでもこの男は特別なのだ。

「フフン、マスター・バルクだってぼくの活躍が広まった方が店の宣伝になっていいだろう？　いらぬ心配しなくとも、ぼくは度量の大きい男であるつもりサァ。ああ――民衆の味方、ヒリエンカの太陽、美しき白馬を駆る美しき最強の槍使い。暴れケルピーの尾びれ亭にて最高ランクパーティ海猫の旋風団リーダー、太陽の輝き宿すペリドット！　ぼくの名、この店のために好きなだけ使ってくれて構わないよ！」

「お前の目立ちたがりに付き合う気はないんだよ……」

顔の前で腕をクロスさせ、ビシッと妙なポーズをキメるペリドット。

冒険者になるのは一癖も二癖もある奴らばかりだが……こういう奇人変人の類がうっかり成り上がってしまうこともある。それが良いことなのか悪いことなのかは分からないが、とりあえず自分の心労が増すことは間違いない。

「パーティの他の奴らはどうした？」

「いやぁ、途中までは一緒だったんだけれどね。二人は途中の酒場へ入って行って、一人は気づいたらいなかったよ。まあ、報告なんてリーダーがいれば十分だろう？」

「お前じゃなければな」

ため息しか出ない。どうやら海猫の旋風団は相変わらずのようだ。

「報酬は領主に確認してからだ。行っていいぞ」

「フフン、つれないねえ。まあいいサ」

役者ぶった仕草で手を広げ、大げさに肩をすくめる美形の戦士。ひたすら変人ではあるが、顔がいいだけにこういうポーズが半端に似合うから始末に悪い。

こちらがさっさと行けと願っているのを知ってか知らずか、ペリドットは用が終わったにもかかわらずすぐに出て行こうとしなかった。まだ人気《ひとけ》のない店内を見回して、今度は格好つけのない素の顔をこちらへ向ける。

「ところで、ムジナ翁はそろそろ来るころかな？　彼はいつも朝早いからね。ぜひとも船賭場攻略のお礼をしたいのだけれど」


「大地の下には霊脈という、規格外に濃厚なマナの流れる河があるの。とても強い、それこそ人間がその中に落ちたら無事ではすまないような、世界の血脈とも呼ばれる魔素の奔流ね」

夕暮れの石畳を歩きながら、魔術士の少女は人差し指を立てて、世界というとても規模の大きな言葉を使って説明してくれた。薬草採取の話題でそんな単語が出てくるとは思わなかった。

「その霊脈から溢れ出る魔力が地上まで届くと、通常よりマナが濃い特別な土地になるわ。普通とは違う植物が生えたり、珍しい生物が住み着いたり、特殊な地形になったりね。——そういう土地の中でも、特にマナが溢れる場所を霊穴《れいけつ》と呼ぶわけ」

むぅ、と彼女の隣を歩きながら僕は呻る。

地面の下に河が流れているって、下水道みたいなものだろうか。そこからなにかが溢れ出て、地上にまで影響している……つまり臭いとか？

「わたしは最初、マナ溜まりってそういう場所なんだと思ってた。……けれど、ちょっと違うみたい」

そう言って悔しそうに下唇を噛む、チェリーレッドの髪の女の子。出発のときより少し気落ちした様子の彼女は、心なしか歩くのも遅い。

リルエッタが苦い顔をするのも無理はない。今日の冒険はまあ、失敗に終わったと言ってしまっていいだろうから。

「ユーネも、あの場所は霊脈だと思ってたんですけれどねー」

むー、とリルエッタの向こう側で歩きながら難しそうな顔をしているのは、歩くたびにふわふわの栗色髪が揺れる治癒術士の少女だ。

ゆったりとした服に身を包んだ彼女は腕を組んで眉根を寄せているが、滲み出る温和な雰囲気のせいでイマイチ真剣味を感じない。本当に分かっているのかと疑ってしまうくらい。

まあ、この中で一番分かっていないのは間違いなく僕だろうけれど。

「マナ溜まりは霊脈じゃないってこと？」

「多分そうね。霊脈ってそう簡単に動いたり無くなったりしないはずだもの」

霊脈とか霊穴とかはよく分からないけれど、質問に答えてくれるリルエッタはすっかりいつもの調子なのは分かって、それが今日一番の収穫かな、と僕は苦笑した。

今日の僕らの冒険は失敗に終わった。——とは言っても、大きな怪我をしたとか、大変な目に遭ったとか、大事な物を失ってしまったとか、そんな失敗じゃない。

単に、大した収穫がなかったという意味だ。

僕らが今日行ったのは、普通の薬草採取。

ゴブリンに襲われたシルズン山に行くのはやめておこう、と三人の意見が一致し、じゃあせっかくだからと新しい場所へ足を延ばしたのである。

定めた目的地は、あの雨の日に地図を見ながら、ムジナ爺さんから教えてもらったマナ溜まりの場所。

収穫できる時期はもう少し先になるけれど、次の場所をあらかじめ見つけておきたい——そんな思惑のもと、今日は町の門を出てすぐ壁づたいに北上し、初めて見る獣道から森へと分け入った。

「マナが濃い場所なら探査の魔術で探すことができる。シルズン山のマナ溜まりもそうやって見つけたのだもの、やり方は間違っていないはずよ。……けれど今日は、探査の魔術が全然反応しなかった」

口元に手を当ててブツブツと、リルエッタが独り言をこぼし始める。

シェイアからもらった魔術の本もまだ読んでいない僕には、あまり詳しいことは分からない。……けれど、なんとなく理解はできる。

つまりはこういうことだろう。

今日行った場所の近くには、マナが濃い場所はなかった。

「ある時期にだけ魔力が濃くなる……マナが溜まる土地ってこと？　季節的なもの？　もしかしてマナが濃い場所だから特別な薬草が生えるのではなくて、特別な薬草が育つ時期だけ魔力が濃くなる場所とか……？　もしそうだとしたら、ごく短い時期だけでも人工的に魔力濃度の高い場所を造れる可能性が……でも栽培方法が分からないし……」

歩きながら、さらにブツブツとリルエッタは呟く。なんだか採取の話からはずれていっている気がするけれど、妙に真剣だ。ちょっと怖い。ユーネもちょっと引いていた。

やがてある程度考えがまとまったのか彼女はウンウンと頷いてから結論を発表する。

「いろいろと考えるべきことはあるけれど、とりあえず一つ分かったことがあるわね。マナ溜まりという場所はそこに育つ薬草の採取の時期にならなければ、魔術での探査ができない可能性が高いわ」

事前には探せないってことらしい。やっぱり冒険はそんなに甘くないんだな、と改めて感じてしまう。

それでももし探すのなら、足で歩き回って怪しい場所の目星をつけておくくらいだろうか。……けれどそれをやるより、時期が来たときに探査魔術を使ってもらった方が効率がいい気がする。

「つまり、今日は無駄足だったってことだね。ごめん、僕のせいだ」

「いえいえー。無事で帰って来れただけ良しですよー」

「そうね。今は探査できないって分かっただけでも無駄ではないのだし」

今日行き先を決めたのは僕だったので謝ると、ユーネが場を和ませるように微笑んでくれて、リルエッタもそれに頷く。

……たしかに何事もなく町まで戻ってこられたのだから、それは良いことだ。そう思えるくらいには、まだこの前の戦闘は記憶に新しい。

「ただ……採取の方はあんまりだったわね」

リルエッタが肩からかけた自分のカゴを見て、小さくため息を吐く。薬草を入れるためのカゴは、今日は半分も埋まっていなかった。

「行ったことのない場所だったたし、マナ溜まりを探しながらだったからね。安全そうなルートを覚えて薬草採取に専念すれば、もっと採れると思う」

そう言う僕のカゴも、半分の半分くらいしか薬草で埋まっていなかった。もちろんユーネのも同じくらい。それも安値のものばかりだから、これでは今日の食事代にもならないだろう。

薬草採取の依頼は初心者向けだ。マナ溜まりみたいに高額の薬草が群生している場所へ行くならともかく、普通にやったらなかなか稼げるものではない。

ムジナ爺さんなら初めての場所で片手間に探してもカゴをいっぱいにできそうだけれど、そこまでの経験がない僕では三人分のカゴを満たすなんて無理だった。

むぅ、と顎に手を当てて考え込む。やはり次のマナ溜まりを探すのは時期が来るまで待った方が良さそうだ。明日は森の浅い場所を中心に行ってみようか。

マナ溜まりのような特別な場所じゃなくても、僕が森で見つけた河原のように薬草が群生している場所があればいいのだけれど。

「でも、依頼書にあった薬草ってなかなか生えていないわ。採取に専念したとしても、カゴを満杯にはできないでしょう?」

「う……まあそうだけど」

僕の考えていることなんてリルエッタにはお見通しのようで、あっさり言い当てられてしまう。なんだか実力不足を見透かされたようで、頭を掻くしかない。

……けれど、魔術士の少女はべつに文句を言ったわけではなさそうだった。

リルエッタは歩きながら、肩越しに背後を振り返る。視線は少し上向き。どうやら空を見ているようで、たぶんほとんど落ちた夕陽を見たのだと思う。

「分かった? ユーネ。つまり、やっぱり町に戻ってくるのはいつもこの時間ってことよ」

「そうですねー。たしかに毎日夜道を歩いて家に帰るのは危ないですかー。仕方ありませんねぇ」

「元々そのつもりだったたし、遅いくらいだわ」

彼女たちは友人で仲がいいから、二人しか分からない話をすることはよくある。そのときの僕はだいたい蚊帳の外なのだけれど、今回はなんだか、僕にも関係ある話のような気がした。

冒険の終わりはこの時間だから、毎日夜道を歩いて家に帰ることになるので、危ない。

ではどうするか。

「ねえキリ。実はわたしたち、冒険者の店かその近くの宿に住もうと思っているのだけれど、相談に乗ってくれないかしら?」


「嬢ちゃんたちが引っ越しねぇ。先に言っておくが、この店の部屋はやめといたほうがいいぞ」

リルエッタとユーネからの相談は、僕にはちょっと手に余るものだった。

村からこの町に出て来て日が浅い僕には、どんな宿がいいのかなんて分からない。なんならまだ宿屋に泊まったことすらない。

というわけで、冒険者の店に戻った僕はウェインに相談することにした。……またリルエッタが不機嫌顔になって、それを見たユーネが困り笑い顔になったけれど、僕が気軽に相談できる相手って少ないから仕方ないよね。

「ぜひとも理由をお聞かせ願いたいものね？」

「すぐに分かるよ。まあ見てみろって」

ウェインの先導で階段を上る。僕らがいるのは冒険者の店の奥だ。冒険者の店は二階が宿になっているので、そこに案内してもらっているのである。

階段はけっこう幅が広くって、分厚い木板でしっかり造られているようだった。店内と同じで古くはあったけれど決してボロではなくて、油皿の灯りで照らされた赤レンガの壁と重厚な木材の階段はかっこよさすら感じ、ちょっとワクワクしてしまった。

……のだけれど、手すりを掴むとなんだか妙にデコボコしていることに気づく。壁側を見ると何かが擦れた跡が汚れになっていたし、階段自体にもよく見ればヘコみがある。

「金属鎧つけた奴が肩当てとかで擦ると、こうなるんだ」

不思議に思ってるとウェインが壁の跡を指さして説明してくれた。なるほど。たしかに大人の肩の辺りに擦れた跡が多い。

では階段と手すりの疵はなんなのだろうかと気になったけれど、聞く前に上りきってしまった。

「ここが大部屋だな。俺もここで寝泊まりしてる」

階段を上ってすぐ、そんなおざなりな説明と共に、ウェインは手前の部屋の扉に手をかける。そのままノックもせずに開いた。

中は広いだけの部屋で、家具の類はほとんどなかった。端っこの方に小さな机が一つあって、長い時間座ったらお尻が痛くなりそうな椅子がその近くに転がっているだけ。棚なんかはなく、床にはいくつもの毛布やここを使用している冒険者の私物が散乱している。

寝ながら雑談でもしていたのか、部屋の真ん中辺りで頭を寄せ合うようにして毛布にくるまっていた五人ほどの男の人たちが、なんだなんだと僕らの方を見る。……なんだか申し訳ないな。

「おう、悪ぃな。ちょっと新人を案内してやってるんだ」

ウェインが彼らに軽く手を上げると、うーい、とか、おー、とか適当な返事が返ってくる。ノックしなかったことに怒る様子もないところを見るに、いつもこの調子なのだろう。

さっき彼自身もここで寝泊まりしてるって言っていたし、この部屋の人たちはみんな知った仲に違いない。

「ここはさすがに無いわね……。言いたいことはいろいろあるけれど、まず男部屋でしょう？」

リルエッタは部屋の中を一度見回しただけで、頭痛を堪えるように額を手で押さえた。

まあそうだろう。さすがにお金持ちのお嬢様が泊まる部屋じゃないことくらい、僕でも分かる。

「男しかいないだけで女が泊まれないわけじゃねぇよ。泊まる女もたまにいる。男より男らしい豪傑とか、どうしても金がねぇ奴とかだがな。けど女がいると俺たちの方も気をつかって、毎回気まずい空気になるからやめてくれ」

「でしょうねぇー……なんでここに案内したんですかー？」

「見せなかったら見せなかったで気になるだろ？」

さすがのウェインも二人がここを選ぶとは思っていなかったらしい。まあ、それはそうだろう。僕だって階段を上って一番手前の部屋を飛ばされたら気になってしまう。

大部屋はありえない、と。本命は次の小部屋の方だろうか。

さっき確認した限りでは、リルエッタとユーネは二人で一部屋を借りて住むつもりらしい。ちょうどいい広さの部屋があればいいのだけれど。

「——なによ」

不機嫌そうな声が聞こえた。リルエッタの声。

振り向いてそちらを見ると、彼女は自分の腰に手を当てて目を細めている。……その視線の先には、部屋の中央で毛布にくるまってる人たちがいた。

「なんでもねーよ」

「ああ、なんでもないな」

五人の内の二人が、同じく不機嫌な声で応える。

両方とも歳はたぶん十五歳くらいだろうか、ボサボサの黒髪をしたギョロ目と、灰茶色の髪を後ろで縛った色白。

少女が見ていたのはこの二人で、二人の方も少女を見ていた。

「お知り合いですかー？」

「さあ？　それより他の部屋を見ましょう。――お邪魔したわ」

ユーネの問いかけにもとぼけて、リルエッタは部屋から出ていく。……ここにはもう、用がないとばかりに。

「すみません、お邪魔しました」

僕は寝ている人たち……特にさっきの二人へ向けて頭を下げて、大部屋を出る。――ユーネは首を捻っていたが、僕はあの人たちの顔に覚えがある。

「気まずいなぁ……」

彼らは以前リルエッタをパーティに誘い、大声で怒鳴られていた二人だった。


「冒険者ってのは流れ者もいるし、家出同然みたいな奴や、逆に家から追い出された奴だっているからな。やっぱ宿暮らしが多いんだよ。で、部屋を借りるならやっぱ、みんな冒険者の店に近い場所に住みたがるもんだ。当然、冒険者の店の部屋は人気も人気でさ――まあ、二部屋空いているわけだが」

冒険者の店の二階は全て宿のようで、小部屋は六つあった。

空いている部屋は階段から見て三番目と五番目。間取りはどの部屋もほとんど一緒らしく、ウェインは近い方の三番目に案内してくれた。

「人気なのに二部屋も空いているんですー？　好都合ではありますけどー」

首を傾げながらユーネが扉に手をかけ、開く。

中は思ったよりも広かった。小部屋と言っても最初から一人用を想定していないらしく、備え付けの寝台が二つあるのもいい。リルエッタとユーネは二人で一緒に住むと言っていたからちょうどだ。

他の家具も揃っていて、机と椅子と棚が一つずつ。ちゃんと掃除が行き届いているのか埃などは積もっていない。僕は一目で、いいな、と感じた。

「普通にいい部屋じゃないですかー？」

「そうね。思っていたよりも悪くないわ」

部屋選びに来た二人にも好印象だ。部屋を見回すリルエッタの顔からも機嫌がいいのが伝わってくる。

「ただ少し手狭だし、ここに衣装棚や本棚を入れると本当に窮屈になりそうなのが問題かしら。持ち込む荷物は厳選しないといけないわね」

……けっこう広いと思ってたけれど、リルエッタにとっては狭めらしい。

彼女は普段どんなところに住んでいるのだろう。やっぱり村の教会や村長さんの家より大きい家なのだろうか。

「念を押しておくが、さっき言ったとおりお前らにここはオススメしねぇよ。見るだけ見たいって言われたから案内してやってるだけだ。悪いことは言わねぇからやめとけ」

好感触の二人を見ながら眉根を下げ、入り口の壁に背を預けたウェインが頭をボリボリ掻く。

「どうして？　僕から見てもいい部屋だと思うけど」

「そうですよー。いったいなんの問題あるんですかー」

「わたしも是非聞きたいわね。適当なこと言ってるだけなら承知しないけれど？」

僕が不思議に思って聞いてみると、ユーネとリルエッタもウェインへと問いかける。

「ここは人を選ぶんだよ。ガキんちょならともかく、嬢ちゃんたちはキツいと思うぜ。――なにせ冒険者の店ってのは、ならず者まがいな奴らのたまり場だからな」

「え、あ……まさか……」

「ああ」

その説明でなにかピンときたのか、ユーネが一歩後ずさりして身構える。……それでやっと、ならず者まがい代表みたいな男はフッと笑った。どうやら理解できたようだな、と深く頷く。

「真下が酒場だからな。毎日のように馬鹿騒ぎが深夜まで聞こえてきやがるんだよ」

ウェインがそう言い終わる前に、どっ、と大きな騒ぎ声が床下から聞こえてきた。足裏に振動が伝わってくるくらいの音。

それは耳を澄ませばなにを言っているか分かるくらいに筒抜けで、お酒で騒いでるだけなのでもちろん大したことなんか聞こえてこなくて、リルエッタは眉間にシワを寄せユーネはなぜか半笑いになった。

僕も、ああなるほどな、と頷く。

冒険者の店の宿は人気。でも、今は二部屋も空いている。——部屋に入りたがる人は多いけど、これに耐えられなくてすぐに出て行くんだ。

「貴方《あなた》たち、近所迷惑って言葉を知らないの？」

「冒険者に求めるなそんなもんだよね。」

「んで、ここに来たわけね」

夜分に押しかけたにもかかわらず、事情を説明するとチッカは快く部屋を見せてくれた。

僕が知ってる唯一の、冒険者の店以外の宿だ。ハーフリングの斥候が泊まる、歴史を感じる落ち着いた建物。

「冒険者の店に宿を取らなかったのは正解だよ。冒険者って奴は他人の迷惑なんか気にしないからね。あんたたちがあんなとこに部屋なんて取ったら、女冒険者どもがこぞって酒と愚痴持って押しかけてくるだろうさ」

「あの男、一応は親切で言ってくれてたのね……」

「とんだ地雷物件ですねぇ……」

ゲンナリした顔で部屋の中に案内される二人について、僕も部屋に入る。

チッカの部屋は前に来たことがある。依頼で掃除を手伝ったときは大変だった。ほとんど一日かかって、なんとか綺麗と言えるだけの部屋にしたんだっけ――

「……なんか、また汚くなってない？」

「懐に余裕があると買っちゃうんだよなー」

部屋の一角に釣り具が大量に置かれているのはもう仕方ない。けれど床には服が散乱し、棚はギッチギチに小物が置かれ、壁には落書きみたいな絵が掛かっている。僕ぐらいの大きさの木彫りの猫があったり、見たことのない大小様々な楽器が転がっていたりもする。

掃除したの、まだ最近なはずだけれど。

「前と比べれば、まだ足の踏み場があるだけいいでしょ？」

「綺麗にしないとまた大家さんに怒られちゃうよ」

「そのときはチビに依頼出すから、よろしく」

この調子だとそう遠い話じゃなさそうだな……。まあいいけれど、そのときはリルエッタとユーネも一緒にやってもらおう。

「ここ、いいですねー。物が散乱してるから最初は驚きましたけれどー、部屋だけ見れば広いし落ち着いてるし造りもしっかりしてそうでー」

「冒険者の店からも近くて便利そうだわ。……喧噪も聞こえないし」

僕が悲壮な覚悟を決めている間に、二人は部屋の間取りを見てしきりに頷いていた。どうやらかなり気に入っているようだ。

この宿はけっこう古そうな建物だけれど、よく手入れされているから新築よりも品が良い感じがする。伝言の依頼で最初に来たときは感心してしまったほどだ。それを覚えていたから、ここなら二人にも気に入ってもらえるのではと連れてきたのだけれど、どうやら正解だったらしい。

「――けれど、ここって家賃が高いでしょう？」

そのリルエッタの質問に、僕は首を傾げた。

「家賃、気にするの？　リルエッタってお金持ちの家の子でしょ？」

「働く以上は独り立ちしたいもの、気にするに決まってるわ。そりゃあ、最初のうちはマグナーンに頼るときもあるでしょうけれど、それは本当に初めだけのつもり」

なるほど。

お金持ちの家の生まれならそれに頼ればいいと思ってたけれど、リルエッタにはそういうつもりはないらしい。たしかにその方がカッコいいなって思う。

「ここは大通りに面してるし、歴史を感じさせる建築だけど外装も内装もよく手入れされてる。しかも部屋が広くて快適そうだわ。いい物件には違いないけれど、かなり高額のはずよ」

「やっぱ商人の血筋だけあって目利きはたしかだね。うん、証《あかし》無しのFランクにここの家賃はキビしいと思う」

「そうね、新人だもの。事実だわ」

実際、僕が見てもこの部屋は素敵だと思う。こんな部屋に泊まれるチッカってやっぱり優秀な冒険者なんだなと、改めて感じてしまうくらい。……普段はそんな気、全然しないのに。

たしか彼女はCランクのはず。僕たちよりも三つも上だ。であれば、金銭的には僕らよりよほど余裕があるだろう。

「残念だけれど、この部屋は諦めましょう。今のわたしたちには分不相応だわ」

「ですねー……残念ですけどぉ……」

きっぱりと断念するリルエッタと、未練がましい声を出すユーネ。二人で住むのなら家賃は半分ずつになるけれど、それでも足りないと値段も聞かずに判断したらしい。

こういうところのお金って、どれくらいするのか全然分からないな……。

「でも、いつかこういう宿を取れるようになるって目標ができただけ、収穫があったわ。ありがとうチッカ、部屋を見せてくれて。キリも案内ありがとね」

「いいっていいって。一緒に釣りした仲間だしね」

「え、ああ。うん」

決まらなかったのにお礼を言われるとは思ってなかったので、ちょっとビックリしてしまう。リルエッタはやっぱりこういうところ、真面目でしっかりしてるな。

「あ……そういえばだけれど、キリ」

お礼を言うために僕の顔を見たからだろうか、チェリーレッドの髪の少女はなにかを思いだしたかのように、手をポンと胸の前で合わせた。

そしてこちらを覗き込むようにして眺めながら、不思議そうに口を開く。

「貴方ってどこに住んでいるの？　田舎から出てきたってことは、どこかに部屋を借りているのでしょう？」

「な…………」

冒険者の店に戻って、裏手の厩《うまや》に案内する。

剥き出しの地面。木板の仕切りで区切られた馬房。通路側に壁はなく柵なので、中がよく見える構造になっている。……珍しいことに、今日はいつも隣の馬房で寝てるヒシクがいなかった。お出かけ中なのかもしれない。

四つある馬房の一番奥にリルエッタとユーネを連れて来て、指で示す。

「ここが僕が寝起きしてる場所。たぶん、参考にならないと思うけど」

土の上に藁を敷いただけの寝床と、干したままの着替えしかない馬房。シェイアからもらった魔術書は大事なので、寝藁の下をちょっと掘って隠してある。……今身につけている装備を除けば、僕の持ち物はそれで全部。

地面と藁と動物の臭いがする厩は、案内はしてみたけれどさすがに選ばれることはないと思う。二人がここで寝起きしている姿は想像できないし。

「な…………」

リルエッタの顔が驚きと絶望とその他のいろんな感情が合わさったような面白い表情で固まっていた。短杖に灯した魔術の灯りに照らされた顔がなんだか青ざめているようにも見える。

——あの灯り、すごく便利そうだ。あれを使えるようになれば夜に魔術書が読めるのではないか。でも魔術を使えるようになるには魔術書を読まなければならないな。

「…………」

ユーネはただただ絶句している。声一つ発することなく、今にも膝から崩れ落ちそうなすごく悲愴な顔をしていた。なにかを言いたいけれど言葉が見つからない、みたいな表情だ。

「……どうしたの、二人とも？」

言葉を失って立ち尽くす様子がなんだか不思議で、僕は首を傾げる。ここまでの大げさな反応をされるとは思ってなかったのだけど。

「——キリ。貴方、親は？」

「いないよ？」

「貴方一人で村から出て来たってこと？」

「うーん……まあそんなとこ」

「子供が、一人で？」

そこ重要かな……。

「知り合いに連れてきてもらったんだけど、奴隷商に売り飛ばされそうになったから逃げてさ。それで、ここに来たんだよ」

正直、なんだか恥ずかしいので言いたくなかった。

自分から信用しちゃいけない人について行ったのだし、気づいたのは本当にギリギリだったし、今から考えるとかなり間抜けだったのではないか。

「はあー……それで冒険者にー……」

「うんまあ」

やっと声を出したユーネが、ひどく感心した様子で……あとなんだかドン引きした顔で僕を眺めてくる。じろじろ見られるとすごく居心地が悪いんだけど。

「まあ、最初は大変だったけれど今はなんとかやれてるよ」

リルエッタはお金持ちの家の子だから当然として、ユーネもいいトコの子って感じがするから話した分だけ僕がみじめになりそうだ。それにこれ以上は不幸自慢みたいになりそうで嫌だし、もう早くこの話題を終わらせたかった。

だから僕は話を締めようとそう言ったんだけれど、リルエッタは許してくれなかった。

さっきまで青ざめていた顔を真っ赤にして、魔術の灯りをつけた短杖を持ったまま両手で頭を抱え、わなわなと震えながら天井を仰ぎ見たチェリーレッドの髪の女の子は……もう一度僕へ顔を向けたとき、ものすごく怒っていた。

「馬鹿じゃないのっ？　なんとかやれてないから、こんなところで泊まることになってるんでしょうが！」

「――………本当だ」

ぽん、と僕は手を打つ。

考えてみれば当たり前だけれど、厩は馬のためのものなので、人が泊まる用ではない。

普通の人は宿をとって寝起きするもので、だから当然食事代とかの他に宿代の分も稼ぐ必要があって、それができていない僕はなんとかなっていないのである。

「いい、キリ？　厩は馬のものであって人のためのものじゃないの。ここに寝泊まりしてる時点で貴方はもっと危機感を持たなければならないって分かってるっ？」

説明されなくても分かることで叱られるって情けないな。村の神官さんにもよくこうやって叱られてたっけ。

「いや……たぶん今なら部屋にも泊まれるんじゃないかな。マナ溜まりの薬草採取できたから少しはお金も貯まってるし、値段は分からないけど大部屋なら大丈夫だと思う」

「それじゃ、次のマナ溜まりで薬草が採れる時期までどうするのよ！　言っておくけれど、今日の稼ぎ程度じゃ全然足りないわよ！」

「それは今日は採取に専念してなかったからで……」

「専念してたらカゴを満杯にできたっていうのっ？」

僕は思わず口ごもる。リルエッタも気づいているのだ。薬草……特に依頼を出されるような薬草は珍しいのだ。たくさん採れるわけはない。

正直、今の僕には薬草採取で十分に稼ぐのは難しい。

「あ、あのー、お嬢様ー。もしかして……」

「ユーネは黙りなさい」

なにかに気づいたユーネを、リルエッタが制止する。むぅ、と僕は呻った。

今の僕には、薬草採取で十分に稼ぐのは難しい。これは本当だ。けれどそれだけでは正確ではない。たった今この二人に、そこに気づかれた。


三人でパーティを組んでいるから、難易度が跳ね上がっている。


たぶんだけれど、僕一人で冒険に行っても採れる量は大して変わらないのだ。だって一人で歩こうが三人で歩こうが、道中に生えている薬草の数は同じなのだから。

今日だって採れた薬草を三人で分けて持ってたから少なかっただけで、もし僕一人であればそれなりの稼ぎにはなったはず。

けれど、そんなことは最初から分かっていたことだ。

正式にパーティを組むとなったとき……いいや、最初にウェインに言われて仮パーティを組むことになったときから、自分の稼ぎが減ることは分かっていた。だから最初は困ったことになったと思ったりもした。

それでもなお、僕はこのパーティを続けることを選んだのだ。お金については文句を言うつもりなんてない。

これでも食べ繋ぐくらいならできると思うし。

「順応力があることは重要なことだわ。冒険するのは決して気持ちの良い場所ばかりではないもの。その点で貴方は冒険者として、とても優れているのかもしれない。……けれど、順応力がありすぎてこの現状に慣れるのはダメ。自分一人がここで我慢すればいいだなんて考えているのなら、それは絶対に間違っているわよ」

まるで僕の考えなどお見通しだというように、リルエッタが睨み付けてくる。……顔は怖いけれど、声はすごく真面目だった。

「それに、これは貴方一人だけの問題ではないのよ」

リルエッタは諭すように、自分の薄い胸に手を当てる。

「チッカの部屋のときに言ったけれど、わたしは冒険者として仕事していくにあたって、できるだけマグナーンに頼らないようにしたいと思っているわ。ユーネだって働きに出ている以上、生活費くらい稼げるようにならなければ格好がつかないでしょう。――貴方は、わたしたちに厩暮らしをさせるつもり？」

それは……させられない。

二人はこの町に家があるから、報酬は少なくても問題ないと――そんなふうに頭のどこかで考えていたのかもしれない。けれど実際の彼女たちはちゃんと働いて、稼いで、自立して生きたいと思っている。

村を出てきたときの僕と同じように。

「――毎日カゴをいっぱいにするのは、無理だと思う」

僕は正直に白状した。

お金の話だ。商人の子相手に誤魔化すのは無理だし、なにより不誠実な気がしたから。

「けれど、なんとかするから」

それしか言えなかった。現状はどうにかすべきで、とにかくなにかをやらなくちゃいけないことは分かって、そして僕は曲がりなりにもパーティのリーダーで。

「考えはあるの？」

リルエッタがジト目でそう聞いてきて、僕は目を逸らす。

「いや、無いけれど……」

「だったら――」

「やあ、珍しいね。ここがこんなにも賑やかだなんて」

チェリーレッドの髪の少女がなにか言おうとしたときだった。足音がして、蹄の音がして、高くてよく通る青年の声がした。

厩の入り口の方を振り返る。

最初に現れたのは、見慣れた芦毛の馬。僕のお隣さん。お出かけから帰って来たらしい。

そして次に現れたのは、明るい緑髪の男だった。彼は髪をかき上げながら魔術の灯りの内に姿を現して、僕らへパチリとウィンクする。

「やあ、もしかして密談の最中だったかな？　それにしては声が大きかったようだけれど」

その男の人はすごく美形で、なんだかキラキラしていて、そして——初めて見る人だった。

「ふむ？　三人とも見たことのない顔だね。新人かな？　冒険者に歳は関係ないけれど、ずいぶん若いパーティだ」

左手で髪をかき上げ、右手で馬の手綱を引いて。キラキラの青年は僕らを見下ろす。近くで見ると背が高い人だ。ウェインも背が高いけれど、この人はもっと高い気がする。

そして、すらりとしてるけどウェインと同じくらい筋肉がありそう。

「えっと……はじめまして。三人とも最近冒険者登録しました、キ……わぷっ」

とりあえず挨拶しようとしたのだけれど、その人が連れていた馬……ヒシクが顔をすり寄せてきた。いつも寝ててほとんど起きてるところを見ないから、こういうことをされるとちょっと驚いてしまう。

「こらメルセティノ。彼が喋ってる最中だろう？」

「メルセティノ？」

キラキラの青年はヒシクのことを違う名前で呼んで、その首筋を撫でる。こら、って言っていたけれど、声も撫で方も怒っているようには見えない。

「もしかしてヒシクの飼い主さんですか？」

僕の問いにキラキラの男の人は、ふむ、と髭のない顎を撫でる。

「きみはメルセティノのことをヒシクと呼んでるんだね。フフン、それできみが何者なのか分かったよ。――だけど、まずは問いに答えよう。答えはいいえ。きみの推理は見事だけれど、ほんの少しだけ違う。ぼくと彼は主従の間柄ではないんだ」

「えっと……どういうことですか？」

推理が見事で、ほんの少しだけ違う。主従の間柄ではない。

飼い主と飼い馬だったら主従……なのだろうか。ちょっとよく分からない。

「フフン、彼はぼくたちの大切な仲間なのサ」

気取った調子でそう言って、ヒシク……メルセティノの首をポンポン叩きながら髪をかき上げるキラキラの人。

うん……なんかこの人、ちょっと変な人かもしれない。

「メルセティノはぼくたちと冒険へ赴き、苦楽を共にし、助け合う仲だからね。彼がいたからこそ乗り越えられた苦難だっていくつもある。だからもうパーティの一員みたいなものなんだ」

「な、なるほど……」

メルセティノも冒険者だったんだな。それも僕よりよほど経験を積んでそうだ。

冒険者の店の厩にいるのだから、冒険者の誰かの馬には違いないのだろう。そしてその冒険者なのだから冒険に連れて行くために馬を飼育しているに違いない。

……考えればすぐ分かることだったけれど、こうして馬を連れた冒険者に会うまで、そんなことをまったく考えていなかった。

先輩だったのか、ヒシク。

「さて、きみの問いかけには答えたよ。次はぼくの番だ。——きみはぼくのことを知らないようだけれど、ぼくは噂に聞いているよ。最近メルセティノの隣に住み着いたっていう、藁ドロボウ君だよね？」

ドキッとした。心臓が跳ねた。スゥ、と細められた相手の目に射すくめられて、身が縮こまる。

藁ドロボウ。そうか。飼い主か仲間かはともかく、彼がメルセティノの世話をしているのならば、僕が納屋から持ち出して使わせてもらっているあの藁はこの人が用意したものだ。

「すー——すみま……」

「なんてね。そんなことで怒る気はないサ」

フッと笑って僕の謝罪に割り込んで、キラキラの人は人差し指をたてて明後日の方向を向いた顔の前で腕をクロスさせ、ビシッとなにかのポーズをキメる。

「そう、ぼくは太陽の輝き宿すペリドット！　大海原よりも器の広い男なのだからね！」

……………なんだろう。この人からもダメ人間の臭いがする。

隣を見るとやっぱりというかなんというか、リルエッタが眉間にシワを寄せていた。きっと僕と同じことを考えてるんだろうなと思って、さらにその向こうを見る。

「か……カッコいい……」

ユーネは僕らとは違う感想を持ったようで、目を瞬かせ祈るように胸の前で手を組んで呟いていた。

そっか……うん。なんかユーネって、ああいう人が好きそうだもんね。

「もう、新人さんをからかっちゃダメっスよリーダー。藁なんて安いものなんスから」

僕が生ぬるい顔をユーネに向けていると、不意打ちのように若い女の人の声が聞こえた。ビックリして目を向けると、ぴょこん、とメルセティノの後ろから長い耳が出てくる。

今の今までなんの気配もなかったのにいきなり現れたその耳は、ぴょこぴょこと動いて、白くてなんだかもふもふしていて——ウサギのそれにとてもよく似ていた。

「どもっス新人さんたち。ジブンはこの人のパーティの一員で、テテニーって言うっス。以後お見知りおきを！」

雪のように白い髪と赤い瞳をした、活力が溢れ出るような女性だった。

ピョン、と跳ねるように馬体の後ろから出てきた彼女は片手を大きく真上に伸ばして、ウィンクした方の兎耳をペタンと折る。

——ビックリした。なんの気配もなかったのにいきなり出てきたと思ったら、元気いっぱいに挨拶された。

そして、見た目にもビックリした。

「おやテテニー君、もう人見知りの時間は終わりでいいのかい？」

「ちょっとリーダー！　そういうこと言うのやめるっスよ。ジブンは人見知りじゃないっス」

「フフン、すまないね新人君たち。彼女はウサギだからか警戒心が強いんだ。けれどこんなに早く初対面の相手に姿を見せるなんて珍しいことだよ。これは君たちの人徳だろうね」

それは警戒に値しないと判断されたのではないか。

「テテニー君は一度打ち解けた相手にはとことんなつくから、よければ仲良くしてあげてくれたまえ」

「リーダー！　子供じゃないんスからそういうのやめてくださいっス！」

春風よりも爽やかに笑うペリドットさんと、ピョンピョンと跳ねて抗議するテテニーさん。

なんだか不思議な二人だ。こっちの警戒心まで薄れてしまう。

「あの、テテニーさんは獣人さんなんですか？」

あのウサギの耳がどうしても気になってしまって、我慢できなくって聞いてみる。

獣人。獣の特徴を持つ人族って、アーマナ神さまの教典で読んだことはあったけれど。

「うス！　そのとーり、見ての通りジブンは兎獣人っスよ。獣人は初めてっスか？」

「あ、はい。初めて見ました」

「ほうほう、さっきから自慢の耳に視線を感じるなって思ってたから、なるほどっス。たしかにこっち側だと獣人は珍しいかもしれないっスね。町の東側には犬とか猫とかネズミとか、けっこういるんスけど」

このヒリエンカの港町は真ん中に大きな川が流れてて、東西で分かたれているらしい。

僕はまだ東側には行ったことがないけれど、向こうには獣人の人が多いってことは初めて聞いた。

川で分断されているのだし、もしかしたら西と東でいろいろ違うところがあるのかもしれない。それこそまったく別の町並みが広がっていてもおかしくないのではないか。

「どうっス？　よかったら耳触ってみるっスか？　ちょっとだけならいいっスよ？」

「いいんですか？」

ピョンと僕の前に膝を抱えてしゃがんで、耳をぴょこぴょこさせるテテニーさん。雪色の兎耳はふわふわで可愛くて、僕は思わず申し出に甘えて手を伸ばす。

「やめなさい。獣人が珍しいのは分かるけれど、まだわたしたちの話が終わってないわ」

「う……」

リルエッタにたしなめられて、僕は手を引っ込める。ちょっとテテニーさんが悲しい顔をした。

たしかにこの二人と一頭のおかげで中断していたけれど、今はパーティとしてかなり大事な話をしていた最中だった。

「ペリドットさんにテテニーさんでしたね。厩で騒がしくしてごめんなさい。わたしたちはまだ三人で相談したいことがありますので、失礼させていただきます」

まるでお手本のようにリルエッタが丁寧な礼をして、僕とユーネを視線で促す。僕は慌てて頭を下げた。

「お、お邪魔しました」

「失礼しますー」

ユーネも礼をして、リルエッタを先頭に厩の出入り口へ向かう。

先にここで話していたのは僕らだったけれど、ペリドットさんたちはメルセティノを厩に入れるために連れて来たのだから、出て行くのはこっちだろう。どう考えても正しい使い方をしているのはあちらである。

どうやら話の続きは外ですることになるらしい。

「待ちたまえ、三人とも」

けれど数歩も進まない内に、ペリドットさんに呼び止められた。

「フフン、これでもぼくはお節介なタチでね。よかったらその相談事、ぼくにも聞かせてくれないかい？」

「いいえ。これはわたしたちの問題ですので」

断るのが早い……。本当に即答だった。ちょっと被ってたくらい。

当たり前だけれどリルエッタ、今回の件では僕にそうとう怒ってるっぽい。

「まあまあ。先輩の意見は大事だよ。君たちより少しだけ多くを経験しているわけだからね。もしかしたら君たちには出せない解決方法を提示できるかもしれない。なにより相談だけなら無料《タダ》サ。使えるものは使うのが冒険者ってものだろう？」

けっこうはっきり拒絶されたのに、それでも食い下がるペリドットさん。この人すごいな。僕らにかまったってなんの得もないのに。

「それとも……先輩が名乗ったというのに、自分たちは名乗りもせずに行ってしまうつもりなのかな？」

リルエッタの足が止まる。魔術の灯りに照らされた頬がヒクつく。いい加減ハッキリ言うべきであると判断したのだろう。スゥ、と息を吸って、フゥ、と息を吐いて、振り返る。

キラキラの男の人を真っ直ぐに見て、口を開き……。

「ハイハイッ！　ジブンも、ジブンもぜひ聞きたいっス！　三人の名前はなんて言うんスか？」

けれど彼女がなにか言う前に、テテニーがピョンピョン跳びつつ元気いっぱいな声をあげて前に躍り出た。

驚いたリルエッタは目を丸くして口を閉じてしまい、そうして出端を挫かれた隙に、ペリドットが長くてサラサラの髪をかき上げる。

「フフン、君たちがもったいぶるのも分かるとも。やはり最初の名乗りほど大事なものはないからね。冒険者とは英雄への憧憬を胸に奮い立つ者。誰しもいずれはこの世界の隅々にまで轟くほどに名を揚げて、大きな一旗を立てたいと夢見るものサ。——そう、美しくも気高き二つ名と共にね！　アア、もし良ければこの太陽の輝き宿すペリドット、君たちの素晴らしき異名を考える手伝いをしたいと思うのだけれどどうかな！」

「イエーイ！　さすがリーダー、超余計なお世話っス！」

ビシィ、と意味不明なことを言って意味不明なポーズをキメる長髪の青年に、両手を挙げてピョンピョン喜ぶ兎獣人の女性。ついでにヒヒンと馬も鳴いて、よく分からないけれどすごく楽しそうだ。

……えっと。この人たちはなんなんだろう。悪い人ではないと思うんだけれど。

「いえ、そういうのはいいので」

呆れ顔で拒絶するリルエッタは、完全に毒気を抜かれた様子だった。

正直本気ですごいと思う。あの激しい炎のような彼女をこうも簡単に冷めさせるなんて、僕にはとうていできない。

「まあ……そうね。新参者なのに名前も名乗らないのは、たしかに失礼だったわ」

うん、と一つ頷いた少女からは諦めが漏れ出ていて、ついでに敬語も抜け落ちて、とりあえずこの場を早く抜け出したいという想いが伝わってくる。あと絶対に二つ名は受け取りたくないと顔に出ている。

リルエッタは楽しそうな二人と一頭と目を合わせないように少し視線を下げて、改めて己の薄い胸に手を当てた。

「わたしはリルエッタ。こちらの彼女はユーネで、こっちの彼がキリね。最近パーティを組んだ初心者なので、分不相応な二つ名は遠慮しておきます」

「うス！　リルエッタちゃんにユーネちゃんにキリネ君っスね！　よろしくっス！」

「フフン、三人とも良い名前じゃないか。君たちの輝かしい未来が目に浮かぶようだよ」

リルエッタの自己紹介は名前だけの簡素なもので、その調子で雑に僕とユーネも紹介してくれた。自分が海塩ギルドのマグナーンであることを突っ込まれたくもないのか、名字を省略する徹底ぶりである。本当にさっさとこの場を逃れたいらしい。

――それはいいとして、僕の名前間違えられてるんだけど。間違えられて覚えられた名前を褒められてるんだけど。

「それでそれで？　さっき言ってた相談事ってなんスか？　遠慮せず先輩のジブンたちにドーンと相談してほしいっス」

「それは……」

善意いっぱいの顔でグイグイくるテテニーに、リルエッタがやや及び腰で言い淀む。……迷惑そうではあるけれど、半分は困惑しているようにも見えた。もしかして彼女、こういうタイプが苦手なのかもしれない。

「えっとー……実はユーネとお嬢様は、安く泊まれる宿を探しているのですよー」

それを見かねたのか、横から苦笑顔のユーネが正直に打ち明ける。リルエッタが鋭く目配せしたけれど、栗色のフワフワ髪の少女は首を横に振る。

「お金がない、なんて相談するのはお嬢様にとって屈辱でしょうけれどー、現実問題としてユーネたちは今までお金で困ったことがないのですよぅ。つまり未知の領域なのですから、ここはもう他者の知恵にも縋る段階ではないでしょうかー」

そっかー……お金に困る経験って経験しなくちゃ得られないんだ。お金持ちっていいな。

「ほう、つまり女性二人が安い宿を探していると？　なんだ、そんなことなら簡単サ」

ペリドットが拍子抜けしたように肩をすくめる。……あれ？　もしかして解決の心当たりがあるのかな、と彼の方を見ると、その彼は隣の女性へ視線を向けていた。

そこには赤い瞳をキラキラさせて、満面の笑みを浮かべる兎獣人のテテニー。

「ハイハイハイッ！　それならちょうど、ちょうどいいトコあるっスよ！　ジブンも住んでる女冒険者用の宿っス。ちょっと狭いけど格安で泊まれて、冒険者の店からもわりと近い優良物件！　新しめの建物だから隙間風も雨漏りもないと保証するっス！」

手を上げてピョンピョン跳びはね、元気いっぱいにアピールするテテニー。リルエッタとユーネが少し引くくらい圧がすごい。一生懸命だけど逆効果になってないかなアレ。

……でも、そんなに良い場所があるというのは初耳だ。これはもしかしたら、相談して正解だったのかもしれない。

「えっと……女冒険者用ってどういうことかしら？」

距離を詰められた分だけ後ずさりながら、リルエッタが引っかかったらしい部分を聞く。

たしかにそこは僕も気になる。村には宿なんて無かったから知らないけれど、女性専用って普通にあるものなのだろうか。

「うス！　そこは引退した元冒険者の女性がやってる宿なんスけど、大家さんは何度も男関係で失敗してすっかり男性不信になってるんで原則男子立ち入り禁止っス！」

…………なんだろう、宿の説明を聞いてこんなに悲しくなるとは思わなかった。

「しかも恋人ができたら追い出されるんで、今はジブンしか入居者いないから部屋も選びたい放題っス！　どうっスかめっちゃオススメっスいかがっスかっ？」

「そ、そうね……たしかに恋人がいるわけではないけれど……」

「じゃあ問題なしっスね！　それじゃリーダー、ジブンこれから二人を宿に案内してくるっスよ！」

「え」

「えー？」

宣言するが早いかガッシと腕を掴んで、元気なテテニーは二人を引きずるように連れて行ってしまう。

……あれは連行だろうか。それとも誘拐だろうか。たぶん害はないんだろうなぁと思ってしまったからか、呆気にとられて止めることもできなかった。

助けを求めるようにこちらを見てくるユーネと、口パクで明日は話があるからと伝えてくるリルエッタを見送って、魔術の灯りがなくなった厩で立ち尽くす。

暗くて静かだ。目が木窓から差し込む月明かりに慣れて来てから、二人は本当に連れて行かれてしまったのだと理解した。ビックリだ。

「フフン、テテニー君は寂しがり屋だからね」

サラサラの髪をかき上げたらしきペリドットがそんなコメントをする。あ、そうなのかー、という感想しかなかった。

さっき、その宿にはテテニーさんしか泊まっている人がいないと言っていた。たしかにそれは寂しがり屋さんにはツラいかもしれない。

「あそこの大家はなかなか面白い人だけれど、女性の味方なのはたしかだからね。彼女たちのことは安心していい。宿だって、冒険者の店の部屋がほぼ男たちに占拠されてる状況を愁《うれ》えて始めたという話サ」

「なるほど……」

「ただ、あの宿に泊まることは恋人がいない証明でもある。だからあそこの住人は色恋に酔った男たちに言い寄られやすくてね、そこはキリネ君が気をつけてあげてくれたまえ」

そんなのどう気をつけろというのか。やっぱり名前間違えて覚えられてるし。

「あの、僕はキリネじゃ……」

「さてメルセティノ、そろそろ馬房に入ろうか。最近は海ばかりだったからね、久しぶりに君の背に乗れて嬉しかったよ」

ペリドットが馬房の柵の閂を開けて首筋を撫でると、芦毛の馬は自分から中に入っていく。大人しくて頭の良い馬だ。いつも寝ている姿からは想像できなかった、メルセティノの知らない一面を見た気がした。

そして、ペリドットの声の柔らかさにも少し驚いた。さっきまでのどこかズレたやりとりからは打って変わって、とても優しくて温かい響き。

……彼は馬であるメルセティノも仲間だと言っていたけれど、今の言葉には本当にそう思っているんだと感じさせるものがあった。

「おやすみ。また明日外へ行こう、メルセティノ。……――ではキリネ君。夕食はまだだろう？　奢るから一緒に食べようじゃないか」

「いえ、だからキリネじゃ……え？」

なんでいきなり一緒に食事をする流れになっているのだろう。しかもついさっき会ったばかりで奢りだなんて。

「ここで会ったのもなにかの縁だからね。君の話を聞かせてくれないかい？」


「さあ、遠慮なく食べてくれたまえ」

そう笑顔で勧めるペリドットの前には、料理の皿が溢れんばかりに並んでいる。

厨房の娘さんが何往復もして運んでくれた品々は、どれも冒険者の店のメニューの内では高いものばかり。四人がけのテーブルの上がギュウギュウなんだけれど、なにを考えてるんだろうか。

「実は大きな仕事をこなしたばかりでね。懐に余裕があるからパァッとやりたいところだったんだ。こんなの一人じゃ食べられないから、ぼくを助けると思ってお腹いっぱいに食べちゃってくれないか」

「はぁ……じゃあ、いただきます」

明らかに過剰な量に怯えるけれど、残すのはもったいない。

お腹も空いていたし、僕は見たこともない料理を小皿にとって口に運ぶ。……うわ、美味しい。パリパリに焼いた鳥の皮で野菜を包んであるのだけれど、肉と野菜の味が知らないソースに引き立てられてすごく合ってる。

「美味しいだろう？　それはぼくの大好物でね、気に入ってくれたなら嬉しいよ」

僕の様子を見てニコニコと笑うペリドット。彼もまた別の料理を小皿にとって、幸せそうに口へ運ぶ。

変な人だ、と思った。

綺麗でカッコいいけど言動はズレてるし、仕草は大げさだし、僕が今まで見たことないタイプの人だ。お芝居の役者さんってこういう人なのかもしれない。

妙な人だな、と思った。

僕らなんてただの新人冒険者でしかないのに、初めて会ったにも拘わらず積極的に話しかけてきた。僕らの相談に乗りたいとまで言ってくれて、こうして食事まで奢ってくれている。

正直……僕はレーマーおじさんを思い出していた。

「僕の話を聞きたいということですけど、なにを話せばいいですか？」

ゴロリと大きく切られた肉を取りながら聞いてみると、ペリドットはクルミの入ったパンを千切りながら首を傾げる。

「なにを……？　ふむ、難しい質問だね。君という人物のすべてを知るためには、やはりすべてを語ってもらうべきなのだろうけれど、さすがに夜が明けてしまう。困ったな」

そこで困るんだ……。おかしな人だな本当に。

「じゃあ、とりあえずその目について聞こう」

「目？」

「そう、目。ぼくを警戒しつつ、料理だけはちゃっかりお腹いっぱい食べて、あわよくば利用してやろう、とまで考えている目だ。フフン、新人なのに実に冒険者らしくて好感が持てるね」

……驚いた。思わず何度かまばたきしてしまうほどに。

図星を言い当てられたから、ではない。僕はそんなふうに考えていたのか、と気づかされたことにだ。

「したたかな目だ。けれど危うい。下地は素直で純朴な少年なのに、それに似合わない強い警戒心と挑戦的な心理が混ざり合っている。もう同じ轍は踏まないぞ、かな？　なにか手ひどい仕打ちを受け、それを乗り越えて、今は少し自信がついてきたんだね」

ゾワ、とした。ペリドットはニコニコと笑っているけれど、だからこそ怖ろしい。この程度、見透かして当たり前だと態度で言われているようだ。

「そのくらいが一番死にやすいんだよ。ぼくは君に害を与えようだなんて思っていないからいいけれど、冒険者の先輩として忠告すると、前に踏んだのと同じ轍があったら背を向けて逃げるものだよ」

この人はたぶん、変人の類ではあるのだろう。けれどそんなのは上っ面だと感じた。その中身はきっと、なにか得体の知れないもののような気がしたのだ。

「――なんてね。実は君のことは少し、マスター・バルクから聞いているんだ。びっくりしたかな藁ドロボウ君」

「あ……」

そうだ。この人は僕のことを最初から知っていた。だったらある程度、僕のことは言い当てることはできるはずで……。

「……どこまで聞いたんですか？」

「奴隷商に売られそうになって逃げて、冒険者になったんだろう？　それからムジナ翁に薬草採取を教わった。聞いたのはそれくらいかな」

「売られそうになったことは、ムジナ爺さんにしか教えてません」

僕の言葉に、ペリドットはキョトンとした顔をする。

……正確には、さっき厩でリルエッタとユーネに告白している。けれどそれだけだ。冒険者の店の店主であるバルクには言っていないし、ウェイン、シェイア、チッカの三人にだって教えていない。

なのにそれを知っているということは――厩で僕らがしていた話を、盗み聞きしていたとしか考えられない。

「そうだったのかい？　ムジナ翁は口が軽いからね」

……口、軽そうだよねムジナ爺さん。

「ムジナ翁はここの二階の大部屋に住み着いていてね。騒がしくて寝付くのに苦労する部屋だけれど、冒険者間の情報交換は最も盛んな場所サ。もちろん店の主たるマスター・バルクにだけ報告という形で話したのかもしれないが……君の秘密が守られている保証はちょっとないかな」

「まあ……隠してるわけじゃないけど」

なんだか脱力してしまって、僕は小皿に取り分けた肉団子を食べる。たぶん鶏の肉。

ムジナ爺さんが根っからの良い人だなんて、僕は思っていない。そもそも優しい人じゃないと思ったからこそ、自分から近づこうと思えたのだ。だから僕のことを言いふらされていたことについても、じゃあみんな知っているかもしれないな、くらいにしか思わないけれど。

「でも、秘密でないのならなぜ君は、そのことをムジナ翁にしか言っていないんだい？」

「聞かれなかったからです」

それは冒険者の店で過ごしていて、ちょっと戸惑っている点でもある。

みんなあんまり自分がどういう人かって話をしないし、他人がどんな人かって話も聞きたがらないのだ。村にいたときはなんでもかんでも聞かれたし、聞かされたのに。

たぶんだけれど、町は人が多いからだと思う。

「ああ……冒険者になる者にはいろいろいるからね。事情がありそうな相手には特に慎重になるかもしれない。まあ、仲の良い友人ができたら過去話で盛り上がることもあるよ」

……そういうものだろうか。

「フフン、しかしなるほどね。君、思っていたよりも面白いかもしれないな」

ペリドットが小魚の揚げ物を食べながら、ふむふむと僕を見てくる。なんだか珍しい動物を見るような目だ。

そんなに変わっているつもりはないのだけれど。……少なくともペリドットよりは普通だと思う。

「君の話をマスター・バルクから聞いたとき、こんなに小さい子だとは思わなかったんだ。だからちょっと驚いたよ」

僕をひとしきり眺めてから、彼はコップを手に取ってお茶を飲んだ。湯気が出るほど熱いそれは僕の前にもある、同じ色と香りのものだ。……お酒ではないのが、ちょっと意外。冒険者はお酒を飲むものだと思っていたのに。

「知り合いに裏切られて逃げて、なにも知らない町に幼い子供が一人。……普通の人が君と同じ年齢で同じ状況に置かれたなら、たぶん座り込んで泣き出して、満足に動けなくなるまでそのままサ。なにもせず死ぬか、路地裏の子供になって乞食や残飯漁りをしながら病死するか、なんとか冬まで生き延びて凍死するか、はたまた物盗りになって牢の中で衰弱死するかは、本人の資質に依るだろうけれども」

思わず肉団子を食べる手が止まった。――……あげつらわれた例はどれも、最後は同じ。死に方が多少変わるだけだ。

「この町だと、身寄りのない子供なんてそんなものサ。ああ、教会の孤児院に余裕があれば、運良く保護されることもあるかもしれないね」

「こじいん？　……ですか？」

「ん？　ああ。孤児院って施設そのものを知らないのかな。親のいない子供たちの面倒を、教会の人たちが見てあげているんだ」

「ああ、村の神官さんも同じことをしてました」

なら知ってるや。あれ、こじいんって言うのか。

「でも君は誰にも頼らずに、すぐに生きるため冒険者になった。うん、面白い」

ペリドットは本当に面白そうにニコニコして、匙ですくったスープを音を立てずに飲む。

なんか軽い調子だな……話の内容、結構重い気がするんだけど。

「君はきっと、自分が置かれた状況をありのままに受け止められる人なんだね」

たぶん褒められてはいない。それだけは分かった。

「さっき君といた二人、明らかに君より着ているものが良かった。所作の端々から育ちの良さも感じられたし、僕が見たところかなりのお金持ちだと思うけれど。――そんな彼女たちを相手に厩暮らしをしている君は、羨ましいとか、妬ましいとか、そういう感情を全然抱いてないように見えたんだけどね。どうだい？」

自分の観察眼を自慢するように、明るい緑の髪の青年はニッコリと笑って見せる。

……リルエッタはマグナーンと名乗らなかったけれど、見る人が見れば分かるくらいには、彼女たちの身につけているものは上等なのだろう。ペリドットはけっこう見る目がある人らしい。

むぅ、と考えてみる。どうだろう。僕は彼女たちを羨ましいとも妬ましいとも思っていないのか
——……そんなことはない。

ゴブリンと戦ったあの日、リルエッタに嫌みなことを言われた僕は、妬ましさから歩く速度を彼女たちに合わせなかった。今でも、あれは酷いことをしてしまったと思っている。

今日ユーネが貧乏を経験したことがないって言っていたとき、僕はお金持ちの家の子っていいなあって思った。羨ましいと感じた。

僕にもそういう感情はあるのだ。全然ないなんてことはない。

「違う、という顔だね。うん、その通りなんだろう。そういう心がない人なんていないよ。ただ君はそれが薄く感じるんだ。きっとあまり強く感じることはなくて、すぐに忘れてしまうんじゃないかな？」

改めてそう言い直されると、ちょっと困ってしまう。

全然ないわけではない。けれど、それが普通の人とおんなじかと言われると……分からない。

「そんなことを言われても……他の人と比べたことないし」

「フフン、それだよ」

僕は首を横に振ったのだけれど、ペリドットはそれこそが答えだとばかりに指をパチンと鳴らした。指ってあんなふうに鳴るんだ。後でやってみよう。

「他人は他人、自分は自分。君にはそんな考え方が普通より大きいんじゃないかな。君は人と自分をあまり比べようとしない。だからあの可愛い二人がお金持ちで生まれつき恵まれていても、自分とは違うと割り切ってしまえるんだ」

「はあ……」

そう言われれば、そうなのかもしれないとも思う。けれどそうでもないなとも思うし、あるけど弱いだけというならそれでいいのではないかとも思う。

「そうだとして、いったいなにがあるんですか？」

「いや？　なにも」

なんなんだろう本当に。

「ああ、ちょっと困らせてしまったかもしれないね。ぼくはこういう性分なんだ。気になることはすぐに解消しなければ気がすまない。それだけなんだよ」

フフンと笑って、棒状に切られた野菜を囓るペリドット。本当に興味があるだけだったのか……それはそれで変な気分になる。

「けれどね、今の話はもしかしたら、ちょっとだけ重要なことかもしれない。ぼくにとってはそうでもないけれど、君にとっては違う気がするよ。その少しだけ珍しい性質のおかげで君は君のままここにいられるけれど……――」

彼にとっては、ちょっと気になった程度のこと。でも僕にとっては違う、重要なこと。

僕は首を傾げ、それがいったいどういうことなのか耳を傾けたけれど……その先が口にされることはなかった。

「おう、誰かと思えばペリ野郎じゃねぇか。どういう組み合わせだこりゃ？」

僕の背後からそんな声が、ペリドットの言葉を遮ったからだ。

聞き慣れた男性の声に、僕は振り向く。べつに見なくても誰かは分かっていたけれど。

「やあリッキーノ。久しぶりだね、元気にしていたかい？」

「一文字も合ってねぇんだよ。相変わらず頭が幸せそうだなテメェは」

え、誰だリッキーノって……ってビックリしちゃったけれど、後ろにいたのはやっぱりウェインで、やたらと嫌そうな顔で後頭部をボリボリ掻いていた。

彼と今日会うのは二回目だ。どうやら二階の大部屋から降りてきたらしい。

「そろそろガキんちょが戻ってるだろうって訓練してやりに来たんだけどよ、なんだこのテーブルは。お前らこんなに食えるのかよ」

「フフン、君はバカなのかな？　食べきれるわけないじゃないかこんなにも」

「バカはお前なんだよ」

ウェインは呆れ顔でテーブルの横にやってきて、手づかみで骨付き肉を取って齧りつく。……当然のように食べたね。残すよりいいけど。

「というか君、彼に稽古をつけてあげているのかい？　驚きだね。人に教えることができるんだ？」

「なりゆきでな。テメェこそガキんちょになんの用だよ。他人に興味ないタイプだろ？」

「なにを言うんだエイシン君。ぼくだって人並みに他者のことを気にするサ」

「だったら名前くらい覚えろ」

椅子には座らず背もたれに寄りかかり、さらにテーブルから掠め取った肉を食べるウェイン。それを咎めることなく笑うペリドット。このやりとりから仲が良いのか悪いのかはイマイチ判別つかないけれど……どうやら二人は知り合いらしい。

それだけでちょっと肩の力が抜けてしまった。

「ねぇウェイン。ペリドットさんってどんな人なの？」

「馬と自分のことが大好きな変人野郎」

聞いてみたらもっと肩の力が抜けた。だるんだるんだ。

「借金して馬買って、餌代とかでさらに金がかかることに頭抱えて、結局冒険のために馬買ったのに馬のために冒険することになったバカだよな？」

「フフン。そんな借金はとっくに返したとも。第一、メルセティノの活躍を考えれば大した出費じゃなかったサ」

……ま、まあ、ちゃんと馬の世話をしていることと、借金を返したのは偉いのではないか。

そう考えるとやっぱり、変な人ではあるけど悪い人ではない気がする。

「それに想像してごらん。美しき白馬に跨がる美しきぼくの姿を。それだけで詩になると思わないかい？」

自分で美しいって言っちゃうんだ。すごいな。たしかにカッコいいしキラキラしてるけど。

「ヒシ……メルセティノは芦毛でしたけど」

「芦毛の馬は歳を経て白馬になるのだよ。そう、ちょうどぼくの名声がこの世界の隅々まで響き渡るころにね！」

ビシィ、とポーズをキメるお馬さん好きの人。

うん、強い。たぶんこの人は心が格別に強いんだと思う。なんかそんな感じがする。

「もう分かったろガキんちょ。コイツの相手を真面目にすると疲れるだけだぞ」

「まあ……うん。そうかも」

ここまで話してみて、やっぱり変な人だなとしか思えなかった。綺麗だし笑顔がキラキラしてるし食事も奢ってくれたけれど、あのメルセティノの仲間だけれど、それはそれとして変な人だ。

「そんでマジな話、自分が好きすぎて他人に興味ないお前がガキんちょになんの用だよ。ただの気まぐれならそろそろ訓練連れてくぞ」

「ううーん、なかなか心外だ。君のぼくに対する評価は後々話し合う必要がありそうだけどね？　まあ彼になんの用かと言うと、実は聞きたいことがあるんだよ。だから今日は引き下がってくれないかい？　今日の彼の訓練はぼくがしておくからサ」

「お前が？　ガキんちょの訓練？」

「フフン。彼は戦士志望なのだろう？　だったらたくさん食べて身体を大きくするのも修行の内と言えるだろう。今日は動けなくなるまで食べてもらうつもりだから、君の稽古はなしだよ」

「……まあ、たしかにガキんちょは細っこいからな」

たくさん食べるのも訓練……そんなの考えたこともなかった。

好き嫌いすると大きくなれないぞ、と村の大人や大きい兄ちゃんに言われたことがある。なるほど食べる人は大きくなるのだろう。そして大きい人は力が強いのだ。

なら、たしかに戦士にとって食べるのは訓練になる。

――意識して強い身体をつくる、か。もしかしてこの店の食事の量が多いのって、そういうことなのかな。

「で、ガキんちょに聞きたいことってなんだよ？」

「ムジナ翁のこと」

ドクン、と心臓が鳴った。その驚きは声をあげるような類のものではなくて、もっと静かで、心の隙を突かれたような。

視界の端でウェインが、ああなるほどな、みたいな顔をしていたのが印象的で、けれど僕はそちらを見る余裕なんてなかった。

「彼はぼくの友人だったからね。キリネ君、できれば君の口から彼の話を聞かせてくれないかい?」

そう言ったペリドットは悲しそうで、寂しそうで、今ばかりは——大切な友人を亡くしたばかりの、普通の人に見えたのだ。

「話してやれよ、ガキんちょ」

テーブルの上の肉へ手を伸ばすウェインの声は少し、しんみりしていた。ちゃんと野菜も食べた方がいいと思う。

「たしかにムジナ爺さんはコイツとダチだった。一番よくツルんでたんじゃねぇかな」

「そうなの?」

それは……すごく意外。

こんなにキラキラした人とムジナ爺さんが一緒にいるところ、あんまり想像できない。なのに一番仲が良かったなんて、いったいどういう接点があったのだろうか。

すごく気になって彼を見上げると、ウェインは過去を懐かしがるように遠い目をし、ふっと微笑んだ。

「ああ。ムジナ爺さんはいつも、アイツはおだてるとすぐ酒を奢ってくれる、ってよくタカりに行ってたもんだぜ」

…………しんみり言えばいい感じに聞こえたりすると思ってるのかなぁ。

「フフン。ムジナ翁は人に媚びたりする御仁じゃないからね。思ってもいないことは言わないサ」

タカられていたとか言われても、ペリドットの余裕は少しも崩れない。それどころか懐かしそうに微笑んだほどだ。

……たしかにムジナ爺さんが人にへりくだってるところも想像できない。そして、目の前のどこかズレた感じの彼がムジナ爺さんを邪険にするところも、ちょっと想像しにくい。

一緒にいるところを見たことがないから想像でしかないけれど、もしかしたら変人同士、なにか信頼関係みたいなものがあったのだろうか。

「ああ、食事の手が止まっているよ、キリネ君。食べるのも訓練と言っただろう？　ちゃんと食べて、そして食べながらでいいから、ゆっくりムジナ翁の話を聞かせてほしい。できるだけ細かくね」

「やっぱガキんちょも名前間違えられてんなぁ……」

ニコニコと料理をすすめてくれるペリドットと、呆れ声を漏らすウェイン。……まあ名前はもう諦めてしまおう。キリとキリネだから似ているし、毎回違う名前で呼ばれるウェインよりはいい。

しかし……ゆっくり、細かく、か。もしかしたらこのたくさんの料理って、どれだけ長話になっても大丈夫なように、ということなのだろうか。

だとしたらやっぱりムジナ爺さんと彼は、たしかに友達だったのだろう。ムジナ爺さんが僕にいろいろ教えてくれていたことを知ったなら、その話を聞きたいと思う気持ちは分かる。

この人は自分が知らない間に、友達を亡くしてしまったのだ。

きっとやるせない気持ちを抱いただろう。キラキラとした笑顔を振りまいているけれど、本当はさっき垣間見せたあの表情のように、悲しくて寂しいに違いない。

「最初に会ったのは、冒険者の店の受付で……ムジナ爺さんが大きなカゴいっぱいに薬草を採取してきたのを見かけて、僕から話しかけたんです」

僕は背筋を正した。できるだけ正確に、伝わりやすいようにと意識して、話し始める。

わざわざ記憶を探す必要はない。ムジナ爺さんのことは毎日思い返しているから、ただそれを伝えるだけでいい。

——正直、思い出すと目に涙が浮かんでくるけれど。でも、この人にはしっかりと全部伝えたかった。

「話しかけた場所は、依頼書が貼ってある壁のところ。後から聞いたけれど、討伐依頼の地域に近づかないよう毎日確認していたようです。そこで僕は薬草採取のコツを聞いて……でも、期待したようなことは教えてもらえなくって」

「ムジナ翁はなんと？」

「すごく困った顔をしたあと、こいつはまだ採るな、と依頼書に描かれたナクトゥルスという薬草を指して言いました。……あれはいきなり聞いた僕が悪くて、とっさに頭に浮かんだのがそれだけだったんだと思います」

「フフン、彼らしいね。子供に好かれる人じゃなかったから、君に話しかけられてビックリしたんじゃないかな？」

やっぱりペリドットはムジナ爺さんをよく知っている。それが分かって、彼を通してムジナ爺さんの新たな一面を知った気がした。……こういう友達がいたのか、と。

僕はチーズの塊を皿に取った。塩漬けの魚も、茹でた腸詰めも皿にのせた。貝と海老のパスタも山盛りにした。——口にものを入れている間は、どう話すか考える時間。

僕は腸詰めを口に放り込み、ゆっくりと噛んで、飲み込む。

「それで、次に会ったのは……——」


ククリ刀を手に山道を切り拓いていく姿。

新人冒険者の三人組と口論になっても、一歩も引かなかったこと。

僕がどうして冒険者の店に来たのか賭けをしていたこと。

冒険者になる前は奴隷だったと話してくれたこと。

マナ溜まりで見た紫の花の薬草の、すごく綺麗な光景。

「ふぐっ……うっ、えぐ……ああ……うぅ……」

ムジナ爺さんのことを思い出すと、目に涙が浮かんでくる。

いつも皮肉や悪口ばっかりなのに、大切なことを教えてくれるときは真剣だったこと。

ウェインたちが狩ってきたワニを一緒に食べた夜。

地図を見ながら薬草の採れるマナ溜まりの場所を教えてもらった雨の日。

引退したら薬草畑をやる、と教えてもらったこと。——そして、薬草採取をずっとやり続けるのはダメだって怒られたこと。

次の日に別行動をしたら、ムジナ爺さんが死んだこと。

「それで僕は、ウェインとシェイア、チッカに協力してもらって、ムジナ爺さんの仇討ちにゴブリン討伐をしてきました」

「うぁ、ぐ……ば、ばぁあああっ……うぉおん……おんん……」

ゆっくりと事細かに伝えて、話を締めくくった僕の目には、涙など浮かんでいなかった。というか少し引いていた。

テーブルの向こう側には、整った顔をグチャグチャにして泣き崩れるペリドット。止めどなく溢れる涙と鼻水をハンカチで拭おうとしているけれど、そのハンカチがベトベトなのでぜんぜん拭けてない。

　そうか……目の前でこんなにも大泣きされると、それを見る方は涙が引っ込むんだな……。

「う、うう……そうか、そうだったんだねキリネ君。君に感謝するよ。ムジナ翁が君と共に過ごした時間はきっと、とても温かいものだったに違いない！」

「はあ……はい」

　それだったら、この人と一緒にいた時間はムジナ爺さんにとって、とても楽しいものだったのではないか。

「なるほど、なるほど。よく分かったよ。よく聞かせてくれたね。本当にありがとう。このお礼はいずれ必ずさせてくれたまえ」

「え、いえ……お礼なんて。食事を奢ってもらったし」

「ぼくはムジナ翁の友人だからね。この程度では気がすまないのサ。……ところで今の話に疑問があるのだけれど、君と一緒にいた二人はいなかったのかい？」

　ムジナ爺さんの話だからいないのは当然なのだけれど、厩で二人と会っているペリドットからすれば、彼女たちが全然話に出てこなかったのは不思議だろう。

　僕は少し考えて、簡潔に答える。

「リルエッタとユーネはこの話の後日に会ったんです。なりゆきで一緒に薬草採取へ行くことになって、今は正式にパーティを組んでます」

「ああ、そういうことなんだね」

二人の説明はたったそれだけで終わった。彼女たちともいろいろあったんだけれど、ムジナ爺さんの話と同じようにする必要はないだろう。

たぶんペリドットはあまり興味ないと思うし。

「ふむ。しかしそれだと、君たちはまだかなり新しいパーティだね。君が厩暮らしなのも納得だ。最初はお金に苦労するものだから、宿代まで回す余裕はないだろう」

「テメェも馬買ってすぐのころは厩暮らししてたけどな」

「フフン。あれはメルセティノと寝食を共にし絆を深めていたのサ」

僕が話している最中もずっとテーブルの料理をつまんでいたウェインがチャチャを入れたが、ペリドットは余裕の笑みで髪をかき上げるだけだ。この人も厩暮らししてたんだ……。

こんなにキラキラした人にも意外な共通点があると思うと、ちょっと親近感が湧くから不思議だ。

「では、暴れケルピーの尾びれ亭における最高ランクパーティ、海猫の旋風団リーダーのぼくから、君に助言を一つ贈ろう」

……………………は？

思わず耳を疑ってしまった。暴れケルピーの尾びれ亭……つまりこの人はこの冒険者の店で、一番すごいパーティのリーダーってことだろうか。

横目でウェインを見てみたけれど、こういうときは必ずなにか言いそうなものなのに、黙って肉団子を食べている。否定しないということは間違ってないのだろうか。

まったくそんなふうには見えないし、そんな人がなんでムジナ爺さんと友達だったのかもわからないし、この人が一番すごいってこの店は大丈夫なのかと思ってしまうしで、完全に混乱してしまう。

そんな僕に向けて、太陽の輝き宿すペリドットは白い歯を見せて笑った。

「パーティリーダーの仕事はね、パーティを輝かせることだよ。君がそれさえできたなら、厩暮らしなんてすぐに抜けられるサ」

それが――海猫の旋風団リーダーの助言。

「そしてもう一つ。これはぼく個人から、君に贈る助言だ」

まだ先の助言の意味も理解できていない僕へとたたみかけるように、なにが違うのか分からない前置きをして。

ペリドットは茶目っ気たっぷりにウィンクしてから、フフン、と自分自身を親指で示す。

「君は、ぼくを目指すといい」

厩に入るときは少し怖い。単純に暗いから。

夜だから外だって当然暗いけれど、厩の中に入るとなにも見えなくなる。しばらく立ち止まって待って、目が慣れてうっすら見えるようになってから、壁に手をついてゆっくり歩かないといけない。

リルエッタの灯りの魔術は良かった。あれさえあれば暗闇に困ることはない。一番使いたい魔術は探査から灯りに変更しよう。

「うぷ……」

歩くだけでお腹の中のものが出そうになって、口元を押さえる。足取りがゆっくりなのはなにも暗いからだけではない。最近は厩の構造に慣れてきたので、普段ならもう少し早く歩ける。

お腹がいっぱいすぎて苦しい。……こんなの久しぶりだった。小さい兄ちゃんが狩りで大物を獲ってきたとき以来かもしれない。

料理はどれも美味しかったけれど、さすがにお腹いっぱいになった後も食べろ食べろとすすめられるのはツラかった。これも修行だよ、強くなるためだよ、とあのキラキラしたニコニコ顔で言われると断れなくてがんばって食べたけれど、お腹が張ってかなり苦しい。

「ウェインがきてくれて良かった……」

結局、三人の中で一番食べたのはウェインだった。呼ばれてもないのにやってきて、席に座りもせず横からテーブルの料理をさらえていく彼の姿は……まあ全然カッコよくなかったというか、正直どうかと思ったけれど。

たぶんウェインは料理目当てで会話に交ざってきたんだと思う。でもあれがなかったら僕はもっと食べないといけなかったから、きっと吐いていただろう。

そう考えたら今日の彼には感謝しかない。ウェインが礼儀とか知らない人でよかった。

壁に手を突き、おぼつかない足取りで暗い厩内を奥へ進む。今転ぶと大変なことになるだろうから、本当に慎重にゆっくりと歩く。

三つ目の馬房の前まで来ると、ヒシク……メルセティノの姿が、窓からの星明かりで輪郭だけ見えた。もう寝ているようで、横になって全然動かない。

僕は立ち止まって、声を掛ける。

「メルセティノ。君のご主人、変な人だね」

返事はなかった。やっぱり図太い馬だ。いつものことだから、僕はそのまま続ける。

「……どうやったら、ああなれるのかな?」

――君は、ぼくを目指すといい。

そう言われて、無理でしょと口の端を曲げた。

なにかもう僕とは違いすぎて、同じ人間だとすら思えない。実はよく似た異種族なのではないかとすら思う。ああいう人ばかりの種族って、ちょっと想像しにくいけれど。

ただ……もしああなれたら。あんなふうに生きられたら、きっと楽しそうだろうなって。ちょっとだけ、思ってしまった。

メルセティノはやっぱり返事してくれなくて、僕はそのまま三番目の馬房を通り過ぎて、一番奥の四番目へ到着する。中に入って、苦しいお腹を押さえながら寝藁に身を横たえた。

「パーティを、輝かせる……」

満腹のせいかすぐに眠たくなったけれど、眠りに落ちる前に考えなければならない宿題があるのを、僕は忘れていなかった。

そう、宿題。……暴れケルピーの尾びれ亭においての最高ランクパーティ、海猫の旋風団リーダーからもらった、助言。

たぶんあれは、明日リルエッタとする話に必要なことだと思う。

「リルエッタ……ユーネ……」

二人の名前を呟く。魔術士と治癒術士。

魔術が使える人材は貴重だ。本来なら薬草採取しかできない僕と組むような子たちじゃない。

なりゆきで正式にパーティを組むことになりはしたけれど、やはりもったいないのではないかと思う。

この前のゴブリン戦では、二人が危ないところを僕が助けた形になった。

けれど、もっとマトモなパーティに二人が入っていればそもそもあんなことにはなってないわけで、魔法が使える二人なら入れてくれるパーティを探すこともできるはずで、能力的には僕よりも彼女たちの方がよほど――

「あ」

なるほど、と。考えてみればすごく簡単なことだった。なんでこんなことに気づかなかったのだろうかと呆れかえるくらい。

お腹を押さえていた手から力が抜けて、藁の上にずり落ちる。

今日はいろいろあったし満腹だしで、分かったらもう眠気に抗えなくなってしまって、落ちるような睡魔に身を任せた。

単純な話だ。僕のパーティには、魔法を使える貴重な人材が二人もいる。

「んで、なんでガキんちょにあんなこと言ったんだよ？　これ以上お前みたいな変人が増えるとバルクがキレるぞ」

ガリ、と最後の鶏肉の軟骨を噛み砕いて、テーブルの上の空いた皿に骨を投げ捨てる。

これで料理はほぼなくなった。まだ野菜の漬物はのこっているが、この店の……というか、この町の漬物は塩が利きすぎてるから好みじゃない。

いつだったか塩の塊を割って取り出すのを見たときは目眩がした。あんなの内地じゃ考えられないやり方だ。塩田のある港町だからこそできる保存方法なのだろうが、結果としてできる品が塩辛すぎるとなれば、バカバカしくて呆れてしまう。名物なのかもしれないが、冬で他に喰う物がないとき以外は遠慮したい代物だ。

「フフン。憧憬を胸に背を追ってくる存在がいれば、ぼくはもっと輝けると思わないかい？」

「テメェのためかよ」

ペリドットは残った漬物を美味そうに囓って、優雅にお茶で飲み込む。

この町の出身だからか、コイツは普通に食べるよな……。

「もちろん彼のためでもあるとも。ああいうタイプは生き残りやすいけれど、どうにも向上心に欠けるからね。ぼくを目指すくらいがちょうどいいのサ」

俺は指についた油を舐めとって、ふん、と爽やかに笑む男を半眼で睨む。

たしかに思い当たる節はある。——さっきもそうだ。ひとしきり食べて喋ったガキんちょは、もう先に厩へ帰ってしまった。

腹一杯で苦しそうにしていたし、もう子供には眠い時間だからそれはいい。こちらとしても吐かれたら汚いしメシがもったいないから、今日の戦闘訓練は無しにしてやった。が……そう告げると、ガキんちょはそのまま素直に頷いて帰ったのだ。

冒険者にとって強くなることは、できる仕事が増えるということ。わざわざ強くしてやろうっていう訓練の機会をあんなにあっさり手放せるアイツは、たしかに向上心ってヤツが薄いのだろう。

……いや、そもそもあのくらいのガキで男なら、棒っキレ持たせれば一日中振り回してるもんだろ。俺はそうだったぞ。戦いの訓練とか楽しくって休むとかありえなかった。

もし俺がガキんちょだったら絶対にやるって言って、結局吐いて後悔しただろう。なんだアイツ帰って正解じゃねぇか。

「一応お前、この店の筆頭冒険者だろ。今のアイツがお前を目指して無茶でもしたらどうすんだよ」

「どうもしないよ。冒険者は危険へと赴くし、無茶をするし、死ぬものだ。助言の一つや二つしたくらいで、いちいちそんな責任をとる気はサラサラないとも。——もっとも、たとえ責任をとらなければならなかったとしても、ぼくには助言をしないなんて美しさの欠片《かけら》もない選択はできないけれどね。それは彼のためではなく、自分が傷つきたくないだけだろう？」

チッ、と舌打ちする。

コイツは変人だが、変人なりに自分のスジを通している。むしろスジを通しているがために変人となっているフシすらある。

こういうのは本当に厄介だ。つける薬がない。だからこそ冒険者なんてやってるのだろう。

「それに、キリネ君はなかなか見所があったからね。ついついお節介を焼いてしまうのも仕方ないだろう？　——彼は特に目がいい。とても綺麗でいい目をしている。もしかしたら、いずれは英雄になれる器かもしれないよ」

「お前、近所のガキ共全員にそう言い回るのやめろよ。バルクがぼやいてたぞ」

「そんな、こう言うとみんな喜んでくれるのにかい？」

思わずため息が出る。ペリドットはこういう奴だ。軽口を言い合うくらいならまだいいが、真面目に相手すると疲れてしまう。

でもガキ共には人気あるんだよな、コイツ……。

「ところでベクター。話は変わるけれど君、新しいパーティを組んだんだって？」

「ウェインだ。べつに正式に組んだわけじゃねぇよ。ソロが三人集まって何回か仕事しただけだ」

「君たちのその辺の事情はどうでもいいサ。あの麗しき女性魔術士と可愛らしい女性ハーフリングの、たまに見かける二人だろう？」

「麗しきとか可愛らしいとかはともかく、シェイアとチッカな。お前やっぱ同業の名前くらい覚えろ？」

「やっぱりあの魔術士と斥候だね？　うん、いいじゃないか」

ニコリと笑って、ペリドットはウィンクする。――あ、ヤベ。

「今日はずいぶん食べたねグンバル。美味しかったかい？　ところで仕事の話があるんだが――まさか食い逃げなんて美しくないマネ、君はしないよね？」

「……ウェインだっつってんだろ」


「おおー……これ、どこを選んでもいいんですかー？」

「二階の一番手前の部屋はジブンのっス。それ以外ならどこでも良いっスよ」

ユーネの感激した声に、雪色の兎獣人は自慢げに答える。自分だって部屋を借りてるだけだろうに。

テテニーが紹介した宿は意外にもかなり立派だった。まだ新しい二階建てで、冒険者の店からもかなり近い。

下水も通っている一等地だし、門構えも希少な白い石材を使用していて綺麗な印象がある。庭の植木も手入れされているようだ。そして建物の中に入れば、どの部屋も清潔だった。

チッカの宿に比べれば建物も小さいし部屋も少し狭い。そして食事もできないらしいが、その代わり宿賃は安め。……だというのに、ここに入居しているのはテテニーしかいないらしい。

「なかなかいい宿ね。どうしてこんなに空き部屋があるのかしら？」

「ここの大家さんは冒険者時代に荒稼ぎしてるから、あんまり真面目に稼ぐ気がないんス。だからホントに女性冒険者しか入れないし、一般人もお断りなんスよ。……一般人だと手荒なマネしたら問題っスし」

「それって冒険者相手でも問題ではー？」

……どうにも元冒険者という肩書きはなかなか厄介らしい。

一等地にこんな立派な宿を建てられるほど稼げたのなら、おそらく高ランク。しかし元凄腕の冒険者でも経営の知識があるとは限らない。むしろだいたいのことを力で解決してきた人たちが、普通の仕事を始めたところでマトモにやれるはずがない。一般人お断りというより、一般人をどう扱っていいのか分からないというのが本音だろう。

「あと、女冒険者ってモテるんスよね」

そういえば恋人ができたら追い出されるのだったか。

冒険者の男女比はかなり男性に偏っている印象がある。女好きな冒険者は多そうだし、なんどか共に仕事をこなせば情が湧くこともあるだろう。

……恋愛関係が原因で決裂するパーティとか多そうだ。

「悪くないわね。ユーネ、ここに決めてしまってもいいかしら」

「もちろんですー」

「おお、じゃあ今日から泊まるっスか？　泊まるっスよねっ？」

テテニーが兎らしく飛び跳ねて喜ぶけれど、今日は帰る。

「まだ荷造りしないといけないから数日後になるわ。……それに、まだ本当に引っ越せるかも分からないし」

「えぇー、なんでっスかぁ？」

「ここを借りられるほど稼げるか分からないからよ」

この宿は安いし、わたしたちは二人で一部屋借りるつもりだからさらに安値で済む。

けれど、それでも今日の稼ぎを考えると厳しいだろう。

「わたしたちと一緒にいた彼、厩で生活しているのは知ってるわよね？　残念だけれどうちのパーティはそれくらい稼げてないの。もちろん一刻も早い改善が必要だと思っているけれど、まだ方針も定まってないのに宿は決められないわ」

「？　じゃあ稼げる仕事やればいいんじゃないっスか？」

簡単に言ってくれるけれど、こちらはつい先日ゴブリン戦で実力不足を痛感したばかりである。

「今日は薬草採取に行ってきたみたいっスけど、あれってソロ用っスよ。他の仕事のついでとかで採るくらいならともかく、パーティで薬草採取をメインでやるのは厳しいっス」

………ちょっと待った。

「どうしてわたしたちが薬草採取に行ってきたと分かるのかしら？」

「ニオイっス」

警戒して、けれどすぐに解ける。それくらいに明快な即答だった。

そうか、相手は獣人。彼女は肩をすくめる。

「二人とも森と薬草のニオイが濃くって、血の臭みは全然ないっスね。分かりやすいっス」

「はぁー、鼻がいいんですねー」

「耳はさらに良いっス！」

それは羨ましい。生まれながらの斥候だ。しかも獣人は運動能力が高いから、本当に冒険者向きの種族だ。

「二人は術士ぽいっスよね？　野伏ぽくないし薬草採取が得意そうには見えないっスけど、なにが得意なんスか？」

「わたしたちは魔術と治癒魔術が使えるわ。斥候はもう一人の……」

「じゃあ他にできる仕事もあるんじゃないっス？」

……そう。もちろん、あるはずだ。

魔術を使える者は少ないから、魔術の力を貸してほしいという人はきっといるだろう。そういう依頼だって探せばあるはずだ。そんなことは分かっていた。

けれどそれは魔術がメインの仕事を請けるということで……つまり仕事の成否はわたしたち次第ということで。

「フフン――それくらいで怖じ気づくのは、冒険者らしくないっスよ？　って、うちのリーダーなら言うっスね」

見透かされて、笑われて、あの変人のモノマネまでされて茶化されて。

けれどその通りなのだろう。わたしはまだ初級魔術しか使えない術士だけれど、それでも冒険者になったのだから、魔術メインの仕事は自信がないなんて言ってられない。

「そうね、ありがとうテテニー。明日になったら彼に相談してみるわ」

明日。そう、明日だ。

わたしたちにあの厩を見せたキリの顔を思い出せば、再び怒りがこみ上げてくる。あれはダメだ。認められない。あのままにはしておけない。

彼に命を助けられたのだから、彼と共に冒険者をやると決めたのだから、パーティを、組んだのだから……わたしたちは絶対に足を引っ張ってはならないのだ。

パン、とわたしは両手で自分の両頬を叩く。そうして気合いを入れる。わたしは彼にとって有益な仲間にならなければならない。

そう考えれば、今日はなによりも分かりやすい目標ができた。きっと——彼が今よりも、それこそ宿に泊まれるくらい稼ぐことができれば、その証明となるだろうから。

第二章

新たな依頼と新たな試合相手

ガヤガヤとざわめく冒険者の店で、他の人たちに交ざって壁の依頼書を片っ端から読んでいく。一つ一つの内容を吟味して、どんなものがあるのか把握していく。

これだけ依頼書を読むのは初日以来だ。毎日読んではいたけれど、いつもムジナ爺さんに教えられた討伐見出しと地名を確認するだけだった。

仕事を探す目的で依頼書を眺めるという――冒険者として一番基本的なことを、僕は最初しかしていなかった。

以前の僕には、薬草採取の依頼しかできるものがなかった。……では、今の僕にはどうか。武器と鎧があって、ちょっとだけど訓練もつけてもらっているから、まだマシになっているはずだと思う。

けれど、だからってできる依頼が増えているかといえば、全然だった。討伐の文字が躍る依頼書に書かれた魔物はどれもおっかなそうで、とてもじゃないけれど請ける気にはなれない。

討伐でできそうなのは前にウェインがやっていた、下水道の大ネズミ退治くらいだろうか。リルエッタとユーネは絶対に嫌がりそうだな、と思うからこれもダメだな。

でもいいんだ。探しているのはそういう依頼じゃない。

一つ、また一つ、依頼書を読んでいく。

魔物の討伐。街道の護衛。畑や塩田の見張り。他の町や村への届け物や買い付け。材料の採取調達。異変の調査。単純な力仕事や実験の手伝いとかまで。

中には羊の毛刈りなんてのもあって、そういえばたしかに村でもこの時期にやってたと季節を感じてしまったり。僕はやったことないからこれも請けられないけれど。

依頼内容は本当に幅広くって、これを見るだけでも、この町にはいろいろな人がいるのだなぁと感心してしまう。

「見つけた、キリ！」

怒った女の子の声がして、振り向くと怒ったチェリーレッドの髪の女の子が人を掻き分けるように走って来るところだった。その後ろには困り顔で周囲の人に謝りながら歩いて来る、フワフワな栗色の髪の少女もいた。

「おはようリルエッタ。ユーネ。テテニーさんに紹介してもらった宿はどうだった？」

「おはようキリ。宿は悪くはなかったわ。それより話があるの」

「うん、僕も話があるんだ」

怒ってはいるけれど、挨拶をすると挨拶が返ってくる。だから実は彼女は、そこまで怒っていない。それどころかむしろ、どこか必死で焦っているような感じがした。

たぶんだけれど僕の現状を知って、なんとかしたいと思ってくれてるんだろう。――それくらいは僕にだって分かる。

リルエッタは怒りっぽいけれど、けっして悪い子じゃない。

「よく考えたら二人がいれば、薬草採取以外の仕事ができるんじゃないかと思って。今、いい依頼がないか探してたんだけど」

「そ……――そう、それよ！　その話がしたかったの！　薬草採取で稼げないなら、もっといい仕事があるはずだわ。それを探そうって……」

「うん、これなんかどうかなって。リルエッタにがんばってもらうことになると思うけれど」

僕は壁に貼られた依頼書の内、一枚を指さす。

その依頼の見出しは調査。そしてそのすぐ下に、要魔術士、と書かれていた。


魔術士や治癒術士は貴重だ。冒険者の店にも少ないし、一般の町民で術を使える者なんてほぼいないだろう。

貴重な技に価値があるのは当然である。だからもし術士にしかできないことであれば、大して難易度が高くないものであっても、依頼者は依頼を出さざるをえない。

つまり術士がパーティにいれば、できる仕事の幅がぐっと広がるのだ——と。そんなことにやっと気づいたのである。

「おお！　君たちがあの調査依頼を請けてくれたのか？」

応対してくれたのは立派なお髭がもみあげまで繋がった、筋肉ムキムキの体格の良い男性だった。

髪も髭も黒っぽいからちょっと熊っぽくて、大きな身体と大きな声のおじさんだ。作業用の丈夫な服の袖から出た腕は冒険者の店の戦士たちより太くって、僕なんかよりよっぽど強そう。

依頼書に書いてあった場所は広いお店だった。僕が想像したこともないような品揃えで、見つけたときはこんなお店もあるのかと驚いてしまったほど。

このお店で売っているのは、レンガ。なんとレンガだけなのだ。

いろんな色や形のレンガが積まれてて、外には日干しで乾かしている最中のものが並べてあって、奥ではでっかい窯がゴウゴウと燃えていた。

建材……それもレンガ専門のお店。それでやっていけるなんて、町ってすごい。僕がいた村では絶対に考えられない。

「はい、依頼を請けさせていただいた魔術士のリルエッタです。こちらの二人はパーティの仲間でユーネとキリ。このたびは粘土の採掘場所の調査とのご依頼でしたね。良質の粘土が採れる場所を探したいとか。お話を詳しくお聞かせいただいてよろしいですか？」

そしてお店の専門性より驚いたのが、交渉を買って出てくれたリルエッタだ。

今まで見たことのないニコニコの笑顔で、普段より声が高くて丁寧かつ流暢。そして物腰まで柔らかくって、まるで別人かと思った。

「あ、あれはよそ行き用の顔ですから大丈夫ですよー。お嬢様はマグナーンとして商人の教育を受けてますからー」

そうユーネがこっそり教えてくれなければ、変な病気になったのかと勘違いするところだ。

良かったあれはよそ行き顔なんだ。たしかに僕じゃああはできない。貴方は田舎者なんだから依頼人との交渉中は黙ってるように、とか言われてちょっと酷いと思ったけれど、ああいうことができるなら交渉事はリルエッタに任せた方がいいのかもしれない。

商人って怖いな……。

「おう、しっかりした嬢ちゃんだな。実は最近になって急にレンガの大量発注がいくつもあってよ、このままだと材料の粘土が全然足りないって状況になっちまったんだ。――というのもこの間、下水道で新区画が見つかっただろ？　それのせいであっちこっちで一気に建築が始まったもんだから、職人たちは軒並み大忙しなのさ」

「ああ！　その話でしたら少しだけ噂を聞いています。商家の方々が早速新しいお店を建て始めているとか。僻地にあった薬師ギルドも移転を決定したそうですね」

「お、詳しいな。そうなんだよ、下水が通るってだけでただの空き地が一晩で一等地さ。おかげで景気がいいったら」

「実は下水道の新区画、わたしたちがお世話になっている先輩たちの発見でして。町が活気づくお役に立てているのであれば、後輩のわたしまで誇らしいです」

「そうかそうか。そりゃあいい先輩を持ったなガハハ！」

商人って怖いな！

少しだけ噂を知ってるとか、お世話になってる先輩の手柄が嬉しいとか、絶対嘘。リルエッタはマグナーンだから町の変化についてかなり詳しく知ってるだろうし、先輩冒険者の三人については全然敬ってない。

「まあ仕事があって忙しいのは嬉しいんだが、材料がないとどうしようもないわけだ。で、人を雇って粘土をもっと掘ろうってなった。ただヒリエンカの町は遺跡の上にあるだろ？　そのせいか町中だとそもそも粘土があまり採れなくてな。いつも採掘している場所も町の外なんだが、そこも大人数で作業できる場所じゃない」

おじさんは頬髯を撫でながら、困った顔をする。

店の中を見回すと、たしかにレンガは積まれているんだけれど、広さからすると量が寂しい気がした。床にはまだまだ品を並べられる空きがあるし、積まれたレンガの山も全然高くない。

どうやら材料不足による品薄は切実な問題らしい。

「そういうことで、ならこれを機にと新しい採掘場所を探すことにしたんだよ」

「それで魔術士の――探査の魔術の出番というわけですね」

「ああ。ちなみに条件だが、第一に粘土の質が良いこと。焼成したときに色合いが悪かったり、簡単に崩れるようなモノは使えないからな。それとなるべく町の近くで、採掘作業と運搬がしやすくて、安全を確保しやすい場所がいい」

条件を聞けばなるほどと思う。どれも依頼人からすれば当然のことだけれど、その全てを満たす場所はすぐに見つからないのではないか。

そして、だからこそ冒険者。だからこそ要魔術士なのだ。いい粘土が採掘できそうな場所のアタリがつくのなら、あとは後半の条件だけ揃えればいい。

リルエッタはニコリと微笑む。とても魅力的に、僕が見たこともないような表情で。

いい顔するなぁ、とは思ったけれど、やっぱり怖いなあの顔。なんなら怒ってる彼女の方が安心するかもしれない。

「お任せください。今使っている粘土を見本として少しいただければ、採掘できる場所はすぐに分かります。きっと期待に添える場所を見繕えますわ」

「おおありがたい、やってくれるか。待っていてくれ、オレもすぐに準備してくる」

「えっ?」

おじさんの言葉に驚いてしまって、思わず変な声が出てしまった。交渉中は黙っているように言われていたのに。

けれどリルエッタとユーネも同じように驚いたようで、一旦奥に引っ込もうとしたおじさんを呼び止める。

「ええっと、今回の依頼は調査……ですよね？　貴方も一緒に行くのですか？」

「ん？　そりゃあオレも直に現地と粘土を見ておきたいしな。……あ、そうかそうか。オレがついていくと護衛料が発生するんだな。そりゃ依頼するときに伝えなかったオレのミスだ。じゃあ、途中で冒険者の店に寄って追加料金を払おう。それでいいか？」

「て……手続き上はそれで問題ないと思いますが……」

「なら決まりだな。なぁに、今は景気が良いんだ。それくらいケチったりしないよ」

熊みたいなおじさんがガハハって笑って、リルエッタが少し引きつった笑みで返す。

ちらりと横目でユーネを見ると、彼女も僕を見ていた。……たぶん、僕たちは同じような表情をしているのだろう。

僕たちは今日、初めて依頼人と会って仕事を請けた――ただし、バルクがちゃんと依頼内容を確認しなかったせいで、出だしから仕事の難易度が上がったのである。

「フフン、今日はとても良い天気だね！　空はどこまでも蒼く、風は気持ちよく、暖かな日差しが包み込んでくれるようじゃないか。うんうん、絶好のピクニック日和と言えると思わないかい？」

ドワーフの木こりが見晴らしを良くした、ベッジの森の入り口付近。

海猫の旋風団リーダーであるペリドットは今日のメンバーの顔を一人一人確かめるように見渡し、大仰に頷いてから元気に声を張った。

「というわけで諸君、今日はみんなで薬草探索に行こう！」

ペリドットは右拳を空高く上げ、芦毛の馬が嬉しそうにヒヒンといななき、白耳の兎獣人が馬に隠れながらワーイと両手を挙げる。

そっかー、今日はピクニックだったか。仕事だって聞いて来たんだけどなー。

「このメンツで？」

シェイアとチッカに両隣から視線で圧をかけられた俺は、とりあえずツッコミを入れたのだった。

「懐かしいなぁ。ぼくも冒険者を始めてすぐの頃は、よく薬草採取をしたものサ」

ペリドットはニコニコしながら、馬の手綱を引いて獣道を歩く。馬に乗ってないのは、森の中だと危ないからだろう。障害物の多い森の中だと騎馬は不利だ。

乗らないなら連れてくるなよ。行き先決めたのお前だろ。

「ぼくはソロの時期が長かったんだ。たまにパーティを組んでも、すぐに抜けてしまったりしてね。なかなかぼくに合う仲間が見つからなかったから、あの頃は苦労の連続だったよ」

「それはお前の性格のせいだろ……」

ボソリと呟いたが、そんな声でペリドットの耳に届くはずがない。奴の耳は不都合なんて聞こえない特別製だ。

まあ俺は後方警戒の最後尾だしな。わざわざ声を張ってまで会話する意味もないだろう。アイツの会話の相手疲れるし。

会話は別の誰かに任せるのが一番賢い。

「それで、あんたに合わせられる自慢の仲間はどこ？　海猫の旋風団は四人パーティでしょ」

まあシェイアは普段から喋らねぇし、その役は当然チッカになるわけだが。

これは隊列のせいだからな。仕方ないよな。

「いいや、四人と一頭だとも。メルセティノも自慢の仲間サ！」

やめろペリ野郎。そいつ今日釣りの予定が潰れて不機嫌だから。あとお前ら多分めっちゃ相性悪いぞ。

「まあ、彼らは酒場の店先で潰れてたんで置いてきたんだけどね。どうせ今日は探索だけの予定だし、ゆっくり休んでもらうことにしたよ」

「相変わらずの酒カスどもだね。で、あの兎はなんで見えないくらい先にいるの？」

「警戒心が強いからね、慣れない人の前にはあまり姿を現さないのさ。大丈夫、彼女の斥候の腕は確かだよ。先行偵察は任せてしまっていいサ」

こんな森の浅い場所で隊列もなにもないが、冒険者をやっていると自然と歩く順番が決まってしまう。

先行偵察に兎獣人のテテニー。前方警戒にチッカ。そのすぐ後ろにペリドットと馬がいて、それに続くようにシェイア。そして最後尾を務めるのは俺。事前になんの取り決めもしていないのにこうなるのだから、これはもう職業病だろう。

「さて、そろそろ探査の魔術を使ってもらう頃合いかな？　麗しの魔術士君、準備してもらってもいいかい？」

まだそんなに進まないうちに、ペリドットが隊列を止める。……目的の薬草は森の深い場所にあるってわけでもないのだろうか。

「……探す薬草の特徴は？」

「ナクトゥルス。魔術や錬金術に使うものだから、君なら知ってるだろう？」

傷に効く普通の薬草くらいしか知らない俺も、その名には聞き覚えがあった。とはいえ、覚えていたのはたまたまだ。

聞いたのはつい昨日の話。もう少し時間がたっていたら確実に忘れていたに違いない。

「それ、ガキんちょが言ってたヤツか？」

「よく覚えていたねジェイルズ。その通り、常設の依頼書にもある薬草サ。珍しくてなかなか見つからない品種だよ」

「ウェインだっつの。その薬草、たしかまだ時期が早いって話だろ？　なんで採りに行くんだよ」

「フフン、いい質問だが問題はないよ。だって元から採取するつもりないからね。——最初に探索だって言っただろう？　実はあの薬草、ぼくが薬草採取をやっていたときに一度も見つけられなかったものなんだ。昨日話題に出て、それを懐かしく思ってしまってね。よし、じゃあ探してみようって思い立ったわけサ」

つまり暇つぶしかよ。マジかコイツ。

「ただ、ぼくのパーティには斥候はいても魔術士がいないだろう？　探査の魔術を使える魔術士がいれば、探し物の難易度はぐっと下がる。そして斥候がもう一人いればさらに盤石だ。君たちが協力してくれてとても助かっているよ」

「……暇つぶしでも依頼料はきっちりもらうからね」

チッカの声は辛辣だ。趣味の薬草探しくらい一人でやれとでも思ってるのだろう。まったく同感。

というか、どうやら俺はオマケらしい。本命はシェイアで、チッカも斥候の補助要員として必要だったわけだ。……それを先に言ってくれれば口利き役だけやったのに。

しかしBランクパーティ主導で、Cランクの斥候と戦士、そしてランクこそDではあるがそれ以上の腕を持つ魔術士を動員か。なんて贅沢な薬草採取……じゃなくて薬草探索なんだ。

「ウェイン。今の話、詳しく」

「あん？」

シェイアが俺の後ろに回って、とんがり帽子のつばで目を隠す。俺にだけ聞こえるような小声だった。

……ペリドットに聞こえないように喋りたいってことだろうが、内緒話してることはさすがにバレると思うぞ。

「時期が早い、って誰が言った？」

「そりゃガキんちょだが……いや、たしか元はムジナ爺さんが、まだ早いから採るな、っつったんだっけか」

「…………そう」

魔術士の帽子の下で、シェイアの唇が歪む。気に入らない、とでも言うように。

「ナクトゥルスは多年草。使われるのは主に根」

「タネンソウ？」

「あの薬草の採取に季節は関係ない」

「は？　……おわっ！」

思わず表情に出そうになったからか、シェイアに膝の裏を思いっきり蹴られた。膝がガクッとなって腐葉土の上に思いっきり転んでしまう。

痛ぇ……痛ぇが、今のは俺が悪い。なんなら助かったまであるな。

「おやおや仲がいいね。君たち、やっぱり正式にパーティを組んだ方がいいんじゃないかな？　やはり仲間は気が合うのが一番だよ」

ペリ野郎がカラカラ笑いながら、貴重な経験談とやらを披露する。

たしかにそうなんだろうよ。お前のパーティ、お前と気が合いそうな変人ばかりだもんな。

……だがどれだけ変人だろうとこいつは、暴れケルピーの尾びれ亭の筆頭冒険者。面白いだけの男ではない。

「そうだ！　もし群生している場所を見つけたらキリネ君に教えてあげよう。きっと跳び上がって喜ぶよ」

良いことを思いついたとばかりに手を叩くペリドット。

俺はそのガキみたいな笑顔を見ながら、絶対にろくでもない裏があるだろコレとゲンナリしていた。

「大変だったね……」

「大変でしたねー……」

冒険者の店の壁に貼られた依頼書の群《むれ》を眺めながら、僕とユーネは頷きあった。

夕方の店内にはまばらに人がいたが、依頼書を見ているパーティは僕らだけだ。僕も冒険者の店に来てまだ日が浅いし間違ってるかもしれないけれど、ここに人だかりができるのは朝だけな気がする。

「レンガのおじさん、ドンドン先に行こうとしちゃうもんね」

「止めてもなかなか聞いてくれなかったですよねー……」

僕らがぼやいているのは今日の依頼人のことだ。正直探索そのものよりも、護衛対象のおじさんがとにかく大変だった。

「ゴブリンくらい出ても弱いだろうって甘く見てたし」

「冒険者からしても脅威なんですけどねぇ」

「なにかあったらオレも戦ってやる、ってツルハシ振り回してたし」

「鎧も着てないのに前線に立ったら酷い目にあいますよねー」

「怪しい足跡を辿ってみようとか言い出すし」

「魔物に待ち伏せされてたら危険ですよねー」

貼られた依頼書を吟味しながら、今日大変だったことを言い合う僕とユーネ。

おじさんはたしかに身体が大きかったし力も強そうだったけれど、魔物は真正面から一対一で戦いを挑んでくるわけじゃない。防具もないのにズンズン進んでたら、奇襲を受けたとき大惨事になる。

いやぁ、本当に大変だった。


「……貴方たち。なにが言いたいのかしら？」

横で聞いていたリルエッタがプルプル震えながら、低い声を出す。僕は顔を背けるように次の依頼書へ視線を移した。

「今日は大変だったねーって」

「ですよねー」

同じく依頼書を見ながら、うんうんと頷いてくれるユーネ。そんな彼女にリルエッタは人差し指を突きつける。

「なんでユーネもそっちなのよ！　貴女《あなた》も同罪でしょうっ？」

「あのときの主犯はお嬢様ですしー」

「やっぱりこの前の話じゃない！」

ぴー！　ってヒナ鳥が鳴いてるみたいな声。顔真っ赤だし、ちょっと涙目だ。そうとう恥ずかしかったんだろう。

まさかレンガのおじさんとリルエッタの行動がこんなに被るなんて思わないもんな。おかげで護衛中ずっと気まずそうだった。

自分が以前やったダメなことを別の人にやられて、それを窘める側に回らなきゃいけなかったんだもんね。僕なら逃げ出したかも。

とはいえ、今日一番がんばったのはリルエッタだ。

想定外はあったけれど交渉事は上手く纏めてくれたし、ちゃんと探査の魔術で粘土が採掘できる場所を探し出したし、最後の方はおじさんを商売関係の雑談に引き込んでゆっくり歩かせるという機転まで利かせていた。

僕なんて今日は彼女の指示通りに動いていただけだ。

「まあ、無事に帰って来られて良かったよ。おじさんも満足してくれてたし」

「……フン。当然だわ」

僕がそう言うと、今度はリルエッタが顔を背けた。腕を組んでツーンとした表情。どうやらイジメ過ぎたらしい。

けどまあ、こういう彼女の方が安心するな。おじさんと喋ってるときのニコニコ顔は怖かった。

「とにかく二人とも、ちゃんと明日やる仕事を探しなさい。今日で確信したけれど、町に大きな変化が起こってる今はきっと、冒険者にとっても好機に違いないわ。わたしたち向けのいい依頼も必ずあるはずよ」

それは——たしかにリルエッタの言うとおりなのだろう。

今日のレンガ屋さんみたいな建材の不足を原因とする依頼は、下水道の新区画が見つかって、町がにわかに忙しくなった今だからこそ発生した仕事だ。そんな仕事はこれからもまた出てくるのだろう。きっといろんな種類の仕事が増えて、そして魔術師がいる自分たちは仕事の幅が広く、他のパーティではできないものがこなせる。

だから依頼の取り合いにもなりにくい。なんなら貼られてからけっこうな時間がたった依頼書でもちゃんと探せば、良い条件のものが残っている可能性は十分ある。

「パーティを輝かせる、か」

三人並んで依頼書を眺めながら、良さそうなものがあれば相談したり意見を出し合ったりしながら、僕はその言葉の意味を噛み締めていた。

今日で痛感していた。ちゃんとできていなかった。僕はパーティというものをなにも分かっていなかった。

僕は——リルエッタとユーネのことを、仲間として全然頼ってなかったのだ。

「とにかく、護衛の仕事はやめましょう」

リルエッタのその提案には、僕とユーネはしっかりと頷く。


「……ッチ」

舌打ちの音が聞こえ、報酬を用意する手を止めた。見れば二人組の若い戦士は同じ方を向いて、面白くなさそうに表情を歪めている。

ボサボサの黒髪をしたギョロ目と、灰茶色の髪を後ろで縛った色白。いつも二階の大部屋で寝起きしている、ニグとヒルティースという二人組だ。まだこの店に来て半年くらいで、主にネズミ狩りで口を糊《のり》しているFランクである。

仕事はまあまあ真面目にこなす二人だが、半年たってまだEランクに上がれていないのは遅めだろう。

——とはいえFランクに長くいる冒険者は珍しいわけではないし、二人組ということも理由として大きい。数は分かりやすい力だ。ソロやペアの冒険者は三人以上のパーティより出世が遅い傾向にある。

それに、コイツらには分かりやすい弱点があった。

「アイツらとなにかあったのか？」

二人組の視線を追ってみれば、依頼書が貼ってある壁の前に小さい三人組がいた。

ムジナ爺さんが教えていた坊主に、マグナーンの孫娘とかいう魔術士の嬢ちゃんと、その連れの治癒術士。

小せぇし、二人も魔術使えるし、家が金持ちの奴もいるし、Fランクのくせにやたら目立つ奴らだ。かなり異様なパーティと言えるだろう。

「べつに……バルクさんには関係ないだろ」

「うちの店で厄介事を起こされたら迷惑だろうが」

言い返してやると、ボサボサ黒髪が言葉につまる。……なにかあったのは間違いないらしい。冒険者の喧嘩や小競り合い程度、日常茶飯事すぎていちいち噂にもならないが。

ネズミの尻尾の分だけ報酬を数えてカウンターの上に置いてやると、二人は大部屋の宿代分を残してとった。これもすっかりいつものやりとりだ。

「店に迷惑はかけない。……けれど、このままというワケにもな」

灰茶色の髪の色白が憮然とした顔で口を尖らせると、ボサボサ黒髪も頷いた。

どうやら店に迷惑をかける気はないが、厄介事は起こすつもりらしい。

「……ほどほどにしとけよ」

はぁ、とため息を吐く。

長年冒険者の店をやってりゃ分かる。コイツら冒険者は店主の言うことなんて聞きやしない。――結局のところ冒険者同士のいざこざは、冒険者同士で解決するしかないのだ。


カンッ、カンカンッ、カンッ、と。月明かりの夜に小気味いい音が響く。木の棒と木の棒がぶつかるこの音がし始めたのは、つい最近になってからだ。

前まではウェインだけ小枝だったけど、今は棒対棒。鉢金ぶっ叩き訓練でウェインのズルを見破ってからは、こうして普通にやってくれるようになった。

のだけれど。

「うぷっ」

「どうしたガキんちょ、今日はいつもより動きが悪いぞ!」

叱咤と共に繰り出される棒をギリギリで受けて、後ろに下がる。それだけでお腹の中のものが逆流しそうになった。

「ご……ごめん。ちょっと、夕食を食べ過ぎちゃって……」

「あん？」

「早く大きくなりたかったから……」

身体を大きくするためにたくさん食べる――それも訓練だとつい昨日教わったばかりで、僕はさっそくそれを実践していた。

そうしなければならない、と痛感したからだ。

今日、護衛の仕事をして分かった。リルエッタとユーネは指摘しなかったけれど、おじさんがなかなか言うことを聞いてくれなかった一番の理由はきっと、僕のせいだと思う。

僕らのパーティは他の冒険者に比べてかなり小さい。リルエッタは年齢に比しても小さい方だし、一番年長のユーネだって同じ年頃の男性よりは身長が低い。……そしてなにより、その二人よりも僕が小さいのがいけない。戦士である僕はパーティの前衛なのに、一番頼りなく見えてしまう。

おじさんはたぶん、僕らに護衛されている自覚がなかったのだろう。

護衛料を払ってくれたのは自分で現地を確認したいからってだけで、元から護ってもらおうなんて考えてなかった。仕事があって景気が良いから、気前よくお金を出してくれたんだろう。

むしろ――逆のことを考えていたのではないだろうか。

自分はこの中で一番身体が大きく、力が強くて、年長者だ。そんなふうに思ったおじさんが、小さくて若くて頼りない新人の僕らを見て、なにかあったら自分が助けてやらなきゃいかん、とまで思っていたとしたら。

それはきっと善意なのだろう。でも、今日は魔物に遭わなかったから良かったものの……もし戦闘が発生していたら、前に出ようとするおじさんを護りきれなかったに違いない。

「ちょっとでも、強そうに見られたいんだ」

弱いのはしかたがない。けれど弱そうに見えることはさらに不利だ。後衛ならともかく、身体が小さくて頼りない戦士はそれだけで侮られる。

これなら任せておけると、冒険者は見た目だけでそう思われないといけない。でなきゃ依頼の話をする時点で、不安だからと断られることだってあるだろう。

だから大きくなりたいのだ。……そして、その方法はつい昨日、ペリドットに教えてもらったばかりだった。

「う……」

お腹を押さえる。――とはいえ、後で訓練があるのを分かっててあんなに食べるべきじゃなかった。動けなくなるようじゃ訓練してもらっても意味がない。

そもそも冒険者の店って夜はかなり遅くまでやってるらしいから、食べるなら訓練が終わってから食べればいいのだろう。

「ふーん」

ウェインは持ってる棒で自分の肩をトントン叩く。

「昨日ペリ野郎に言われたヤツか。ったく、マジでガキにゃ人気あるよなアイツ。……ま、身体作るのは大事だし、いいんじゃねぇの？」

「怒らないの？　せっかく教えてくれてるのに」

ちょっと意外で、僕はおそるおそる聞く。

最近は暇そうだったけれど、今日はウェインも仕事へ行ってきたはずだ。一日歩いただけでなんの成果もなかったそうだけれど、また明日も同じ仕事へ行くらしい。

暇つぶしじゃなく、ちゃんと僕のために時間を割いてくれている。たとえ軽い運動感覚だろうと、僕からしてみればありがたいことだ。

でも、食べ過ぎなんかで僕がその心遣いをフイにしてしまっているのは――

「おう。せっかくだし、満腹でも動けるって身体に叩き込んでやるよ」

あ、そうなるんだ。

「いいかガキんちょ。俺たち冒険者は調子の悪いときだろうが、敵と遭遇したら戦うしかねぇ。満腹だろうが空腹だろうが、怪我してようが毒くらってようが病で寝込んでようが、疲れ切ってようが酒に酔っ払ってようが女にこっぴどくフラれた後だろうが、敵が襲いかかってきたら応戦するんだ。死んでから調子が悪かったって言い訳したくなけりゃ、調子が悪くても戦えるようにしとけ！」

もっともな講釈の終わりがけにウェインが踏み込んでくる。僕は棒を構える。

よし。明日から絶対に、夕食は訓練の後にしよう。

明るい月の下、食後の運動というにはかなり激しい訓練をやっていると、視界の端に人影が映った。月明かりだけだと誰だか分からないけれど、二人。いつ頃からいたのかこちらをじっと見ているようで、一度気づいてしまうとなんだか落ち着かない。

「ふん……」

僕が気づいたのだから、当然ウェインも気づいている。表情をうかがってみれば、僕の攻撃を余裕で捌きながらも、気に入らなそうに二人の観客を横目で見ていた。

というか、こっち見てないのに全部避けられてるんだけど。こっちの攻撃全然当たらないんだけどどうやってるんだろ。

「ウェイン、あの二人になにかしたの？」

「なんで俺がやらかした前提だよ」

足を狙った攻撃は掬い上げるようにして受け流された。自分で棒を振る勢いはそのままに軌道だけ変えられて、予想外の動きに思わず身体が泳ぐ。たたらを踏んで隙だらけになったところを、鉢金へゲンコツがとんできた。

……痛くない。痛くないけど、うぐっ、てなる。

「ニグ、ヒルティース。なにか用か？」

追撃はこなくて、顔を上げるとウェインが影の二人に声をかけていた。

名前で呼びかけた、ということは知り合いらしい。

人影たちは声をかけられても、すぐに返事はしなかった。二人で顔を見合わせて、首を横に振ったり手の動きだけでなにかを伝え合う。

なんだろう。よく分からないけれど、言葉を使わずに意思疎通できるのはすごいな。

「なにか用なのか、って聞いてるだろ。テメェら口はねぇのか？」

ウェインが低い声を出す。怒っているような、脅かすような、あんまり聞いたことのない声音だ。

いつもは絶対にこんな声出さないからビックリする。なんだろう、この相手だけ特別なのだろうか。──あの二人は、ウェインにそんな声を出させるような人物なのだろうか。

「……べつに、大したことじゃねーよ。ウェイン兄《あに》ぃ」

「邪魔しないよう待ってただけです。ウェイン兄《にい》」

…………えっと。

「ウェインの弟さんたち？」

「いや違うぞガキんちょ。血の繋がりとかねぇからな。大部屋で寝泊まりしてる仲間だから懐かれてるだけだ」

ああ、大部屋仲間。そういえばウェインは冒険者の店の大部屋に泊まってるんだった。たしかに騒音とかそういうの気にしなそうだし、大部屋でも問題なく眠れるのだろう。

ウェインを兄呼ばわりした二人が近寄ってくる。月の光でなんとか顔が分かる距離まで来て、あ、と口を開けてしまった。

ニグとヒルティースって呼ばれた二人は、以前リルエッタを誘っていた戦士の二人組だった。

「ただ、ズリィなってさ。そこのガキが」

「えっ？」

狡い、と言われたのだろうか。なにかの聞き間違いかと思ったけれど、黒髪の方はジトリとした目で僕を見ていた。

長い髪を縛っている方は僕を見ずに、ウェインへと真っ直ぐ視線を向ける。

「ああ、ズルいな。一人だけウェイン兄に稽古をつけてもらうなんて」

……あー。そういうことか。

僕はこうしてウェインに稽古をつけてもらっているけれど、他の冒険者たちがこうした訓練をしているところは見たことがない。つまりこれは特別なのだ。

しかもこの二人はウェインを兄呼ばわりするほど慕っているのだから、たしかに二人から見れば僕は狡いのだろう。

「つまりお前らもやりたいってことかよ……」

「そう」

「ああ」

息ピッタリに返答する二人。ウェインは大きく大きくため息をついた。

なんとなくそうだろうなって思っていたけれど、やっぱりウェインは戦士としてかなり強い方らしい。ムジナ爺さんも、ウェインの前のパーティはウェインが強すぎたせいで解散した、とか言っていた気がする。

彼は若い戦士たちから教えを乞われるくらいに、強いのだ。

「よし、いいだろ。どうせついでだ、今日からお前らも訓練してやるよ」

すごく嫌そうな顔をしていたウェインだけれど、彼はわりとすぐに観念した。ドン、と自分の胸を叩いて二人の申し出を引き受けて、ニッと笑ってみせる。

ニグとヒルティースの顔が月明かりでも分かるくらいパッと明るくなって、それを見たウェインがやれやれとばかりに肩をすくめて振り返る。

そうして、ポン、と。僕の頭に手を置いた。

「ただし、コイツにお前らが勝てたらな」

………へ？

「いいか、ニグは態度と声がでかいギャーギャーうるせー系のチンピラだ。どうせ力任せのゴリ押しで来るから、いい感じにあしらって一発喰らわせてやれ」

「聞こえてんぜウェイン兄ぃ」

ウェインのそれはただの悪口なのか有用な助言なのか分からないけど、とりあえず相手にも聞こえちゃってるならもう忘れていい気がした。

はぁ、と肩を落としてため息を吐く。

僕は棒を持っていて、数歩の距離を離れたところにボサボサの黒髪の冒険者が同じく棒を持って立っていて、月明かりの下で向かい合っていた。

ニグ。たぶん十五歳くらいで、ギョロッとした目が怖い人だ。僕はまずこの人と戦うことになったらしい。

なんでこんなことになったんだろう。べつに、普通にみんなで訓練すればよくないか。僕は彼らが訓練に加わることに反対してないのだけれど。

というか、僕に勝てたら、とかどういう条件なのか。あちらの方が身体が大きいし力も強いのは明白で、こうして向かい合っていて勝てる気がしない。この試合する意味あるの？

「自分を信じろガキんちょ。お前は今まで俺の訓練を受けてきた。もう鎧どころか武器も持たずに森行って、チッカに引きずられて怒鳴られてたクソド素人のお前じゃねぇ。ゴブリンだって倒した経験もあるだろ？」

「たしかに丸腰だったころよりは良くなっただろうけれどさ……」

だからって相手はちゃんとした戦士だ。つい最近まで武器も持ったことがなかった僕とは、なにからなにまで違う。

けれど次のウェインの言葉は、僕にとってすごく意外だった。

「いいこと教えてやるよ。ニグとヒルティィースはゴブリン退治もまだのFランクだ。お前の方が戦功は上だぜ」

チッ、という舌打ちが聞こえた。ニグの方からだけれど……反論はない。どうやら本当のことらしい。

すごく驚いた。

僕から見て、ニグとヒルティィースは強そうに見える。ウェインと比べれば体付きや装備が見劣りするし、若いから新人ではあるのだろうと思ってはいた。……けれど、しっかりと装備された鎧の傷や太い手首なんかを見れば、自分と同じランクだとはとても思えない。

それなのに、この人たちより僕の方が戦功が上？

「よし、それじゃあ行ってこい」

背中を押されて、強制的に前に出される。すぐ前には木の棒を持ったニグがいて、ギョロ目でジロリと僕を睨み付けていた。

「開始の合図はないのかよ、ウェイン兄ぃ」

「んなもんねーよ。好きに始めろ」

ウェインがそう答えると、ふん、とニグは不満げに鼻を鳴らした。

つまりもう始まっているってことか。――戦功の件はとりあえず置いておこう。

僕は棒を槍に見立てて構える。腰を落とし、身体は半身。重心は心持ち後ろへ置いて、棒の先端は真っ直ぐ相手へ。

「戦功ね……。なあガキ、Eランクに上がんにはゴブリン討伐くらいの実績が必要って話だが、じゃあお前がFランクなのはなんでだ？」

ニグは棒を構えなかった。両手ともだらりと下げたまま、話しかけてくる。

さっきの話だ。彼らはまだゴブリン討伐の実績がないからFランクだという。

――たしかに、ゴブリンを倒したことがある僕が証なしなのは変かもしれない。戦功の話は考えないようにしようと思った矢先だけれど、ちょっと気になった。

最初の一回は分かる。ウェインにシェイア、そしてチッカという、明らかに上のランクの冒険者たちに連れて行ってもらったからだ。

でも二回目はリルエッタとユーネという初心者二人とだったし、状況的にはひどいものだったけれど、事実として僕は戦って勝ってきたのである。

Eランクの条件は一応、満たしているのではないか。

「ゴブリンを倒すってなぁ、強さの目安なんだよ。Eランクならそれくらいの実力があって最低限。メチャクチャ苦戦してギリギリで勝って来るんじゃ、まだ早いってこったよ！」

耳が震えるような大きな声と同時に、ニグが棒を振りかぶる。

大声に気圧されて思わず腰が引けてしまう。半歩、後ろに下がってしまう。――けれど、構えのないところから思いっきり大上段に振り上げられた棒は防御なんてまったく考えてなくて、しかも構えてなかったからその攻撃は全然最速ではなくて。

……隙だらけに見えて、一瞬呆気にとられた。


え？　と。

踏み込めていれば、当てられたぞ？　と。


「そらぁっ！」

気合いと共に棒が振り下ろされる。

大上段からくる、自分よりも背が高く力も強い相手からの、力任せの一撃。とても受けきれる気がしないそれを後ろに大きく跳んで避ける。

「オラよぉ！」

間髪を容れずニグが追撃してくる。大声を出して、大きく踏み込んで、またも大振り。

横薙ぎのそれは避けることができなくて、なんとか棒で受けた。……けれど重い一撃は完全には受けきれなくて、身体ごと弾かれ体勢が崩される。

あ、これは、マズい。

「どうしたどうしたぁ！」

さらに追撃。三度目の大振りがくる。僕は歯噛みした。

ウェインはさっき、ニグは力任せのゴリ押しでくると言った。その通りだった。向こうだってそれを聞いていたのに、その通りにしてきた。

バレた程度でわざわざ戦い方を変える必要なんてないと、そう判断されたのだ。――僕が小さくて、弱そうだから。

ギゥ、と奥歯を噛み締める。叩きつけるように振り下ろされた棒を、地面に身体を投げ出すようにして避けた。土の上を転がって距離をとって、その勢いのまま両手をついて跳ねるように起きる。体勢を立て直す。

分かった。よく分かった。

あの大声はやっかいだ。思わず身体が引けてしまう。さっきはそれで踏み込めなかった。

あの大振りはやっかいだ。避けても受けても体勢を崩してしまって、戦いのペースを持っていかれる。

ニグはやっかいだ。あのギョロ目が恐い。

「強そうって、こういうことか」

たった三撃を見て痛感した。もし彼だったなら、レンガのおじさんはちゃんと護衛されてくれたに違いない。

「逃げてばかりいんじゃねぇよ！」

大声。踏み込み。大振り。荒っぽい言葉遣い。ギョロ目の眼力。全身から放たれる気合い。全部僕を怯えさせるためだ。あれで自分を強そうに見せている。

でも……彼は僕と同じFランク。ウェインと比べれば、実戦で戦ったゴブリンと比べれば、なにも恐くはない。

腰を落とした。棒を構えた。フゥッ、と鋭く息を吐いて、呼吸を止める。

——馬鹿にするな。

「オラァ！」

「せやぁっ！」

大声に大声を被せた。威圧してくるのを気合いで撥ね返した。

踏み込む。

「なんてな」

カン、と突き出した棒を棒で弾かれた。……え？

「うりゃ」

ゴン、と頭をゲンコツで殴られた。痛ぁ……。

「はい勝負ありー」

気の抜けたウェインの声で、試合が終わる。


「よーし、いい気合いだったぞガキんちょ。なかなか成長してるじゃねぇか。それに比べてニグ、テメェは雑すぎだ」

「うっす」

「…………」

僕は負けたのに褒められて、怒られたのにまったく反省していないニグは適当な返事をする。

つまり、さっきのはそういう試合だったのだろう。なんか納得いかない。

「次、ヒルティース」

「はい」

呼ばれた灰茶色の髪のヒルティースが、ニグから棒を受け取る。

彼は確かめるように木の棒を二回振ってみてから、僕へと向き直った。

「よろしくお願いします」

「あ、よろしくお願いします」

なにかの作法なのだろうか、棒を持ったままの右手で自分の左肩をポンポン叩き、ヒルティースは丁寧に挨拶する。僕は慌てて頭を下げた。

すごい。ちゃんと礼節を大事にするなんて、こんな人、冒険者にいるんだ……。

「騙されんじゃねーぞガキんちょ。ヒルティースは陰湿でねちっこいからな。性格悪いことばっかやってきやがるから油断するな」

離れた場所にいるウェインの助言は当然ヒルティースにも届いたけれど、彼は無表情で反応もしなかった。そういう人かぁ。

棒を構える。さっきと同じ、槍に見立てた構え。僕はこれしか知らない。

対してヒルティースは、剣のように構えた。身体を右半身が前の半身にして、右手だけで握った棒の先端はこちらではなく横に向ける。重心は——かなり後ろ。

僕でも分かる。これは守備の型だ。

半身になるのは的を小さくするため。横に構えた武器は盾の役割で、重心が後ろなのは後方に退きやすいから。そしてなにより目や表情から、自分から前に出ようという気迫が感じられない。

ニグとは正反対だ。どうやら今度は、僕から仕掛けるしかないらしい。

「やっ」

――僕から仕掛けるしかないとはいえ、いかにも踏み込んでくるのを待っているって感じのところに突っ込みたくはない。

だから試しに、遠間から棒を繰り出してみる。大振りはしない。最小限の動きで、狙うは武器を持つヒルティースの手。

一歩下がるだけで避けられたけれど、一撃目がそうなるのは分かってた。だからすぐに棒を引っ込めて、間髪容れずもう一撃を放つ。……それは、コン、と小気味良い音を立てて棒で受けられた。

牽制の二撃はあっさりと失敗に終わり、僕は深追いせずに後方へ下がる。ヒルティースは追ってこなかった。

なるほど――様子見でしかなかったけれど、やっぱり驚くほど前に出る気配がない。それどころか反撃の気配すらない。

そして、これはこれでかなりやりにくい。

「ふっ」

もう一度、浅く踏み込む。また手を狙うと見せかけて途中で止めて、受けようとする動きを見る。

けれどヒルティースは受けることなく、これも一歩退くだけで避けた。

自分より小さくて弱い子供相手にも、退がることを厭わない。けれど無理して深く踏み込めば、それを狙って反撃がくるだろう。嫌だな、どう攻撃していけばいいのだろう。

「君さ、ウェイン兄がなぜこの試合を組んだか分かる？」

ヒルティースが話しかけてくる。純粋に僕と話したいのか、ニグのように喧嘩腰な言葉遣いではなかった。

「なぜって……」

「同じ相手とばかり試合していると、戦い方に変なクセがついてしまうからだ。ウェイン兄は君に経験を積ませてあげようとして、こうして自分たちと戦わせているんだよ」

月明かりに浮かぶ色白の肌に、自嘲の笑みが宿る。

「つまり自分たちは、どこまでいってもオマケでしかない。ここで君に勝ってこれから訓練を共にする間柄となっても、それは君を成長させるための一要素として使われているだけというわけだ」

「そんな……」

ことは、あるのだろうか。ウェインがなにを思って僕の稽古をつけてくれているのか、実のところよく分からない。

けれど、そこまで特別視されるほどのなにかは……――

「本当に羨ましいよ、今の攻防を見ても君はなかなかスジがいいようだし、なにより君は若い。その歳から訓練して強くならない戦士はいないからね。ウェイン兄はきっと、訓練していけば君がとんでもなく強くなると見定めているんだろう。そんなふうに目を掛けてもらえるなんて、君は幸運だね。ああ、とても羨ましいよ」

……………………うん、そうか。よく分かった。

「嘘くさい」

僕はそう断じた。陰湿でねちっこい。性格悪いことばかりしてくるヒルティース。

心にもない褒め言葉で浮き足立たせてやろうだなんて、なんて意地の悪い。そんなことしなくても実力は上だろうに。

「バレたか」

ふ、と笑って、彼は構えを変える。身体は半身のまま、重心を前方に、棒の先端はこちらに向けて。

取り繕いすらせず、馬鹿にして。

「じゃ、普通にやろう」

ヒルティースが踏み込み、払うように棒を繰り出す。片手での攻撃。ニグのそれより威力も迫力も弱いそれを、僕は棒で力いっぱい撃ち払った。

相手の目が見開かれる。その顔を睨み付けてやる。

明らかにこちらを見くびった、甘い攻撃だった。ふざけすぎてる。

「せやぁっ！」

踏み込む。棒を繰り出す。得物を弾かれ体勢を崩した相手には避けられない、会心の一撃を――

「なんてね」

ヒルティースが左手を振るった。――試合開始から今まで武器を握ることなく、半身になった身体の後ろに隠れて見えなかった、左手。

そこにずっと握り込んでいた砂が、僕の顔面に投げつけられる。

「うぁっ……！」

小石まじりの砂が顔にぶちまけられ、目に入った砂粒に視界を奪われて、その痛みに悲鳴を上げて仰け反る。鼻と口にも入った。

「子供には子供だましで十分だろ？」

トン、と肩の辺りを棒で叩かれた感覚があって、聞こえた声がすごく嫌みで。

「勝負あり」

ウェインの判定で、試合が終了する。


「むやみに突撃しなかったのは良かったが、砂が目に入ったからって攻撃を止めちまったのは悪かったな。ああいうときは前に出ろ。勘で当てるか、相手を寄せ付けないよう武器を振り回せ。ほれ、今日はもう終わりでいいから水で目洗ってこい。で、どうして負けたかよく考えて寝ろ。間違っても目は擦るんじゃねーぞ」

砂の目潰しを喰らったガキんちょをねぎらって水場へ向かわせ、その小さな背中を見送る。

痛むのか目は押さえているが、言われたとおりに擦ってはいないようだ。フラフラと水場の方へ歩いて行く。

結果は予想通りガキんちょの負け。とはいえ内容は悪くなかった。もっとなにもできずにやられてもおかしくはない実力差だ。

「思ってたよりわりと動けるようになってるなアイツ。意外なほどやれてて驚いたぜ。やっぱ一回死線くぐると違うのかもな。技はまだまだだが、気構えは褒めてやれる。……それか、俺の助言が良かったか？　なんにしろ教えてる側からすりゃ鼻が高いぜ」

うんうん、と腕を組んで感慨に浸る。もしかしたら俺は教える才能があるのかもしれないな。将来は道場を開くとかどうか。ぜってー無理。

まあ明日の話は明日すればいい。とりあえず今は現在の話をするべきなので、俺は後ろを振り向く。

「で、テメェらだよな。なんとかメンツは守れたかよ雑魚ども」

「…………」

「…………」

目ぇ逸らすんじゃねぇよ。

「ニグ。相手が小さいからって脅かしてゴリ押すだけで勝てると踏んで、完遂できなかった恥ずかしいそこのテメェ」

「いやまあ……最後日和《ひよ》ったけどさぁ」

「さっきも言ったが雑すぎる。偉そうな講釈たれたと思ったら、ビビらずに腹ぁキメて来る奴には隙でしかねぇ攻撃繰り返しやがって。最後の急停止が間に合ったから勝てたものの、そのまま行ってたら負けてたぞ。ナメ過ぎだボケ」

ギョロ目の悪ガキが額を押さえて俯く。

戦法自体は間違っていない。でかい声を出せば相手はビビる。怯えると身体は縮こまり、動きは固まり、前に出られなくなるものだ。山賊だの海賊だのゴロツキだのが好んで使う戦法だが、単純で有効なのだから冒険者が使って悪いことはない。ガキんちょにも最初は効いていた。

ニグの誤算は、予想よりも早くその効果がなくなったこと。脅かすためにやってた雑な大振りは隙でしかなくなり、結果反撃を喰らいそうになった。

声を張るのはいい。だが雑になるならやらない方がマシだ。

「ヒルティース。からかうために仕込んだ砂を緊急対処で使わされた性格クズ野郎。お前さっき試合中に、同じ相手ばかりと試合してたら変なクセがつく、とか言ってやがったよな。そいつはテメェの話だ。ニグとしかやってねぇから受けて反撃するスタイルしかできねぇんだろ。自分から攻撃するのが下手すぎんだよ」

「………まあ、守備的なタイプは苦手かな」

「しかもどーせ、子供相手に時間を掛けすぎるのはみっともない、とでも思ったんだろ。不用意に突っ込みやがって、待つ戦法をやり返されたのがテメェの間抜けだ。ナメ過ぎなんだよボケ」

色白の性悪が沈痛な面持ちで眉間をつまむ。

得意戦法があるのはいい。だが得意戦法しかできないのではダメだ。冒険者はどんな状況にも対応する必要がある。

大きい敵、小さい敵、素早い敵、重い敵、向かってくる敵、逃げる敵。各依頼ごとにいろんな相手と戦わなければならないのだから、バランスよくどんな戦法でも使える方がいいに決まってる。

相手のミス待ちなんて強い敵には通用しねぇしな。

「……だがまあ、分かるぜ。お前らも冒険者になってそろそろ半年か？　子供に負けるなんてありえねぇけど、だからって全力出してもかっこ悪ぃもんな。やっぱ余裕で勝って格の違いってヤツを見せつけねぇと、メンツってもんが保てねぇよな」

フッと笑ってやると、ニグとヒルティースがホッとした顔で、にへらと笑う。

つまりそういうことだ。余裕そうに見せてたのは演技で、ガキ相手だからとかっこつけてただけ。

二人ともナメてかかって、危うく一撃入れられかけたわけだ。ガキんちょは多分騙されていただろうが、こと戦いにおいて俺の目を誤魔化せると思ったら大間違いである。ハハハ間抜けどもめ。

馬鹿がよ。

「笑ってんじゃねぇ！　戦場じゃそういう奴から死んでくんだよカスが！」

一喝で二人の背筋を伸ばす。俺ちょっとマジでキレそう。

「ニグ！　ヒルティース！　テメェらこの前ゴブリン討伐行ってたな？　なんでまだEランク上がってねぇんだ！」

「……そ、それは……獲物を横取りされて……」

「正確に言え！」

「じ……自分たちはアテもなく丸一日山を歩きまわっただけで、その間に村周辺に出没した討伐対象は、たまたま居合わせた流れの冒険者によって倒されていました」

目を逸らしながら誤魔化そうとするニグに、目を逸らしながら白状するヒルティース。

前にも聞いた話だが、今聞いてもイラッとする。特にそれを横取りと言いやがるのは、ヤキの一つも入れてやりたくなる。

「そりゃ横取りじゃねぇよ、依頼失敗するとこ助けられたんだろうが。なんなら命まで助けてもらったかもな。ナメてりゃ格下にだって負けるもんだ。あんなガキんちょ相手にも危うかったテメェらじゃゴブリン相手にだって勝てたかどうか分からねぇ。死んでから本気出せば自分たちの方が強かった、とか言い訳したって、聞く奴はいねぇぞ」

ニグとヒルティースの表情がドンドン沈んでいく。心なしか顔色まで悪くなっている。

けっこう効いているようだが、これでも慈悲はかけてる方だ。ちゃんとガキんちょを遠ざけてから言ってやってるんだから。

「いいか、テメェらは戦士だ。魔術なんか使えねぇ。斥候でも野伏でもねぇ。頭も大してよくねぇ。依頼人に愛想も振りまけねぇ。前に出て戦うことしかできねぇんだろうが。そんな野郎どもが戦闘で手ぇ抜いてどうする！」

「それ……ウェイン兄ぃだって同じじゃ……」

「だよな……」

「度胸はいいじゃねぇか。俺はテメェらよりは性格悪くねぇんだよ」

素人同然の悪ガキコンビがこの店に来て半年。毎日ブチブチ文句たれながらもネズミ狩りで経験積んで、それなりにサマになってきたのかなと眺めちゃいたが、今日でようく分かった。

コイツらの一番悪いところは性根らしい。そんなだから他にパーティ組んでくれる相手も見つからねぇんだろうが。

「そんで、なんだっけかテメェら。たしか俺に稽古つけてほしいんだったよな。いいぜ、いい機会だ。とりあえず根性から叩き潰してやるよ」

「いやなんか、今日はもういいかなって……」

「というか、根性は叩き直すものじゃ……」

「文句は血反吐が出てから聞いてやる」

コイツらに手加減など必要あるはずもない。俺は剣と同じ長さの棒を構える。

厩に戻ると、メルセティノはやっぱりいつものように寝ていた。僕はチラリとその影を見て、けれど声はかけず奥へ進む。

しっかりと水で洗った目はもう痛くない。けれど手で隠すように瞼を押さえ、暗がりの中を薄目で通り抜ける。

ゆっくり、いつもよりもさらにゆっくりと歩いて一番奥の馬房に辿り着く。鉢金と鎧を外して、寝藁へ仰向けに身体を横たえる。痛くもない目を瞼の上から指で押さえ、しばらく息を吸って吐いてを繰り返した。

「…………」

思い返すのはさっきの二試合だ。

気合いと力。

言葉と仕込み。

頭の中でもう、何度も何度も繰り返している。

「……勝てた」

漏れた声は震えていた。

ニグとヒルティィース。あの二人は完全にこちらを甘く見ていたのだ。本気じゃなかったのだ。僕を馬鹿にしていた。

けれど、だからこそ隙があった。

「勝てた……」

最初に踏み込めていれば。

左手の不自然さに気づいていれば。

「勝てた、のに……」

なんてな、と棒を弾かれた。声を張り上げて、大振りを繰り返して、いかにも突っ込んでくると見せかけて。僕の反撃を嘲笑うように急停止してみせた。

なんてね、と砂をぶつけられた。最初のおかしな礼のときからずっと左手に視線が向かないように誘導して、言葉でも揺さぶって、わざわざピンチまで演出して。

馬鹿に、されたのだ。

「——……くそぅ」

あんな戦い方をしなくても勝てただろうに、性格の悪い二人だ。なんて嫌な人たちだ。胸の中で心が煮えて焦げ付くようだ。

なによりも……そんな相手に負けたのが、勝てていたかもしれないのに負けてしまったのが、一番苦しかった。

もう眠ってしまいたくて、けれどなかなか寝付けなくて、頭の中で繰り返すたび夜は更けていく。


冒険者の身は軽く、荷物は最低限に。

分かっていても難しいもので、特に衣料品などはなかなか選びきれない。同じ町なのだし、必要になったら取りに戻ればいいのだが。

荷造りをしながら、わたしはもう一度必要なものを確認する。勉強中の魔術の本は必須で、服は丈夫で動きやすいものだけでいい。冬服はまた季節が巡ったら取りに来よう。お気に入りの人形や誕生日にもらった香油、手慰み程度に弾く楽器は残念だが持っていかない。手鏡と櫛は悩んで、バッグに詰め込んだ。

まだ引っ越しの見通しはたっていない。今日の稼ぎはなかなか良かったけれど、反省だらけの一日だった。この調子でやっていけるとはとうてい言えない。

でも、準備はするべきだろう。わたしは必要なものと不要なものを取捨選択していく。

荷物を一つ減らすたびに、いろんな方向に広がっていた自分というものが、余計なものをそぎ落として鋭くなるような感覚があった。自分が持っていきたいと思うすべての物品は自分が何者かという要素であり、それに向き合うのは自分が何者かを選んでいるかのよう。

「……着の身着のままで厩暮らしなら、こういう時間もなかったのでしょうね」

パーティの仲間の顔を思い浮かべながら、飾り布を棚にしまう。

あれは冒険者でも身軽すぎる。武具と薬草採取用のカゴを除けば、鞄に詰め込むどころか小脇に抱えられるほどしか荷物がなかった。

あんなの最低限以下だ。

「あれで、いいわけがない」

不要なものを自ら選んで手放したのではなくて、必要な順に揃えただけの所持品。あれと比べれば、自分の荷物はなんと余分だらけなことか。

鞄の奥から小袋が出てきて、わたしは中を見ることなく鞄に詰め直した。今さら確認するまでもなく、中身はいくらかの貨幣だと知っている。

あの、ゴブリン討伐の報酬。その分け前。

「——わたしは、冒険者になるわ」

口に出して、決意のように呟く。

今日は反省だらけの一日だった。まさか調査の仕事だけだと思ったら護衛もだなんて。しかも依頼人が強そうで、わたしたちより前に出ようとするような困った人だった。キリとユーネにからかわれるまでもなく自分の行いを振り返って、思わず赤面したものだ。

けれど、わたしの魔術はちゃんと探し物の在処へと導いてくれた。

いくらでも反省すればいい。気をつけるところや直せるところを探して、不向きなところは仕事を請けるときの参考にして、自分たちにできることを確認して、次はもっと上手くやればいい。

そうして彼に、もっと頼ってもらえるようになろう。わたしは彼の仲間であると、胸を張って言えるように。

第三章

廃墟と地図と安いプライドと

「おや、おはようキリネ君。いい朝だね！」

故郷の村にいたころは朝、水汲みの仕事があった。僕が水を汲んでこないと兄姉みんな困ってしまうから、とても重要な役割だ。

それが毎日の日課だったからか、明るくなったら自然と目が覚めるようになってしまった。

――けれど今日は少し寝坊してしまって、それに起きても頭がぼうっとしていた。朝日が眩しくって目がなかなか開かないほど。

昨日悔しくて、なかなか眠れなくて、ニグとヒルティィースとの戦いを夢にまで見た。レンガのおじさんのことも思い出して、僕は弱いから信用してもらえなかったのだとうなされた。

おかげで寝不足で、頭が上手く働いてくれなくて、それでも朝が来たなら一日は始まって、僕は緩慢な動作で革鎧をつけて馬房を出て。

そしたら隣の馬房に明るい緑の髪のキラキラした青年がいて、朝日に汗を反射させながら馬の寝藁

I cheated my age because
the Adventurer's Guild only allowed
entry from twelve.

を整えていたのだ。

「お、おはようございます、ペリドットさん。えっと……馬房の掃除ですか？」

「フフン、長期の依頼でしばらくメルセティノの世話は人任せにしていたからね。久しぶりに張り切ってしまったよ」

見れば馬房はかなり綺麗になっていた。汗もかいているし、もしかしてすでにけっこうな時間を働いているのだろうか。

気持ちよさそうに布で汗を拭うペリドットは、こんなときでも爽やかな笑顔だ。ちょっと眩しいくらい。

「おはようございます、ペリドットさん。……その、一昨日はアドバイスありがとうございました」

「ん？　なんのことだったかな？」

とぼけているのか、それとも本当に忘れているのだろうか。この人ならどちらでもあり得そうな気がした。

「パーティを輝かせる、って」

レンガのおじさんの依頼は反省こそ残る結果だったが、それでも依頼は達成できたしお金は入った。

ペリドットにもらったアドバイスのおかげだ。

「ああ、気にしなくていいサ。あんなもの、君たちならすぐに気づけただろうからね。それより起こしてしまったかい？　なるべく静かに作業していたつもりだったのだけれど」

「あ……ありがとうございます。いえ、朝になると目が覚める習慣で」

「それはいい。規則正しい生活は健やかな肉体を育てるからね」

キラリと白い歯を見せて微笑むペリドット。

なんだか一昨日とは印象が違う気がした。僕が隣にいるから気を遣ってくれていたのも、汗をかきながら厩で働いている姿も、あの綺麗な鎧を身に纏った貴公子然とした彼からは想像できなかった。

――けれどイメージにそぐわないとは、なぜか思わなかった。こうしている彼はすごく自然体で……。

「ただ、ずいぶん眠そうなのは問題だね。あまり寝れなかったのかな？　十分な睡眠は身体作りにも大切だ。君くらいの年頃ならなおさらだよ」

「あ、それは……昨日ちょっと試合で負けて……」

「ほう？　どこか痛めたのかい？」

「いえ、悔しくって眠れなくて……」

言ってる内に恥ずかしくなってきた。ニグとヒルティースは年上だし体格も僕よりいい。冒険者としても先輩だろう。

負け方はともかく、勝てるはずがない相手なのだから、眠れないほど悔しがるのは思い上がりではないのか。

「ああ、そういうことか」

けれどペリドットは、ただそれだけしか反応しなかった。

「えっと……」

「それは仕方ないね。ぼくも負けた日の夜は悔しくて眠れなかったよ。ああ、懐かしいな。幾度となく涙で枕を濡らしたものサ」

本当に懐かしそうにしながら、ペリドットは腕を組んでうんうんと頷く。まるで、当たり前のことを当たり前に言っているだけのように。

僕はこの店で一番小さくて、弱くて、戦士としての経験も全然なのに、からかうどころかあっさりと納得するその様は、どこまでも自然に見えて。

……というか、なんだろうこの感じ。負けるのが思い出になるほど久しいのだろうか。まさか最高ランクパーティのリーダーって本当だったりする？

「それで、負けて悔しかったら、キリネ君はどうするんだい？」

あまりにさらりと聞かれたから、意味を理解するのに一拍の時間がかかった。

でもさらりと聞かれたからか、答えはスルリと口から滑り出る。

「——次は勝ちます」

不思議と今度は、恥ずかしいだなんて思わなかった。

大きな屋敷だった。広い敷地だった。

石塀はところどころひび割れ、鉄の格子門扉は錆び付き、敷地は雑草が生え放題で、汚れが目立つ建物は見るからに荒れていた。

周囲は雑木林が広がって、ぽつんと一つだけ建っているこの建物はなかなか異様に見える。

「今日こそは調査の仕事よ」

腕組みをして胸を張り、リルエッタは廃墟の前で気合い十分な顔をする。

「だいたいこの地域の下に、新しく見つかった下水道の新区画があるらしいわ。つまり、この辺り一帯は開発区域というわけ。そこでこの敷地と廃墟の所有者は、この土地を売ることにしたの」

地図上では町の北北西に位置する場所だろうか。閑散として、まばらにある建物は平屋ばかり。麦畑や手入れされていない木々の景色は開放感をもたらしてくれる。

そんな地域の一角に、その廃墟はあった。

「ただ、一つ問題があったわ。この屋敷には近隣でまことしやかに悪い噂が囁かれているのよ。……

誰も住んでいないはずなのに夜になると声が聞こえる。木板が打ち付けられた窓の隙間の向こうで何かが動いた。敷地内に入った子供がぼんやりとした白い影を見て逃げ帰ってきた。そんなバカみたいな話ね」

説明をしながら、リルエッタは鼻で笑う。

「どうせただの噂話。けれどもしかしたら流れ者が入り込んでいるかもしれないし、町中へ迷い込んだ魔物が棲息しているかもしれない。そして、これがその噂話の本筋だけれど、本当に不死族のゴーストがいるかもしれない」

ガァガァガァ、という鳴き声が連続でして、バサバサバサッ、と黒くて大きな鳥が群で飛んでいく。

今日の天気は分厚い雲に覆われて、今にも雨が降りそうな空だ。朝にもかかわらず薄暗くて、なんだか嫌な感じがした。

「ま、どれも周辺地域に被害が出ていない時点で可能性は低いでしょうけれど。でもそんな噂があったら、いくら新開発区域でも誰もこの土地を買わないでしょう？　だからこの屋敷の持ち主は冒険者に依頼を出すことにしたの。ここにはなにもいないことを確認してほしい、ってね」

つまり、それが今回の依頼である。

確証もない噂話に踊らされ、なにもないことを期待して、何年も放置された廃墟を調査する。うん、すごく有意義なお仕事だね。

「……やっぱりやめない？　この依頼」

僕がそう言うと、リルエッタが笑顔で頬を引きつらせ、ユーネが困ったように笑う。

「ねぇキリ。わたしたち、出発前にちゃんと貴方に相談したわよね。この依頼を請けるのはどうかしら、って。そしたら貴方、わたしたちに任せるって言ってくれたわ。もちろん覚えているわよね？」

「そもそもこの依頼ってぇ、昨日の夕方の時点で話題に上がってましたよねー。候補がいくつかある内の一つでしたけどー」

「うんまあ……そうだね。そうなんだけど」

二人の言うことはまったくそのとおりで、僕は頭を抱えてしまう。

そう……リルエッタのさっきの説明は、実は僕に向けてのものだった。――と言っても、僕がこの依頼の内容を誤解していたとか、そういうことではない。この依頼が初心者向けで僕らでもできそうだって話は、昨日の時点でしていた。

ただ……僕は最初からこの依頼には乗り気じゃなかった。

かっこ悪いから、昨日の時点では反対だって言わなかった。朝、別の依頼を請けようって提案すればいいと思っていた。

昨夜全然寝付けなかったのが問題だったのだろう。朝起きてペリドットと話したときも眠そうだと言われたけれど、あの後も頭がなかなかハッキリしてくれなくて、朝食をとったらまた眠くなってしまって、ぼーっとしてたもんだから請ける依頼のことは二人にお願いしてしまった。

結果、僕が一番嫌だなって思っていた仕事を請けることになってしまっていて……ここに来てやっとそれに気づいた僕を見て、依頼内容を把握していなかったかとリルエッタが呆れながら説明してくれたのである。

うん、これはニグとヒルティースが悪い。

「だってオバケって殺しても死なないんだよ。怖くないの？」

「わたしは貴方のその基準が恐ろしいわ」

やや引き気味で眉をひそめるリルエッタ。

殺せばだいたい死ぬっていうウェインの言葉の、数少ない例外がゴーストやスペクターなどの不死族だ。もう死んでいるのに動き回るそれらは、死んでいるからこそもう死なないのである。なんだそれすごく怖い。

「大丈夫ですよーキリ君。怖くないですよー。なぜならこのユーネ、神聖魔術が使えるのです！　あんまり強い不死族は無理ですけれどぅ、低位のゴーストやゾンビ相手なら一撃で浄化しますからねー」

「……神聖魔術？」

聞いたことのない名称の魔術だ。魔術っていろんな種類があるらしい。

「はいー。神聖魔術は信仰によって治癒魔術を授かった者で、かつ特別な修練をした者だけが習得することのできる邪悪を討ち滅ぼす魔術なのです。ふふん、実はお嬢様が冒険者になると言い始めたころから勉強していたのですよー」

治癒術士の中でもすごい人しか使えないってことだろうか。ユーネにそんな魔術が使えるなんて知らなかった。やっぱり僕、仲間のことをなんにも知らないんだな……。

「まあ一番簡単なのしか使えませんしぃ、三回に一回くらい失敗しちゃいますしぃ、実戦で使ったこともないいんですけどー。けどきっと大丈夫ですよー。この依頼はユーネにお任せください！」

なんにも安心できないし任せたくない。

昨日はリルエッタにがんばってもらったから、今日のユーネは自分の番だと張り切っているのだろうか。彼女はちょっと空回り気味に元気いっぱいだ。

「……一応のおさらいだけれど、今回の依頼はあくまで調査よ。もしなにか危険なものを見つけても、それを排除する必要はないわ。それがどんなものか把握できた時点で撤退、依頼主に報告すれば完了よ」

僕と同じことを感じたのか、リルエッタが釘を刺すように依頼の細部を詰める。

「たしか、敵を倒しても報酬は変わらないんだよね？」

「ええ。とりあえず新米に見に行かせて、なにも無かったらそれでよし。もし魔物や不死族が棲み着いているようなら、改めて敵の脅威度に見合ったランクで依頼を出せばいい。これはそういう依頼よ」

「冒険者の店としてもー、敵がいるかどうかも分からないのに討伐料をもらうわけにいきませんからねー」

つまり戦う必要はないということだ。……しかもここは町中だから、道中で危険に遭うこともない。

こういうほぼほぼ安全な依頼もあるんだな、と思いつつ、でも幽霊がいるかもしれない場所になんて絶対に行きたくないなとブルリと震える。なんで来ちゃったんだろう。

「とにかく、ここで話していても始まらないわ。中に入るわよ」

リルエッタが鉄の格子門扉を押す。長い間風雨に晒され手入れもされなかったそれは、ギィィという音と共に開いた。

ボロボロで亀裂から雑草が顔を覗かせる石レンガの道が延びていて、不気味な感じだ。塀から玄関までの距離の遠さが屋敷の大きさを物語っている。

本当に恐くないのかリルエッタとユーネが歩き出して、僕はゴクリとツバを飲み込んでその後ろを追った。

依頼はすでに請けてしまっている。理由なく中止したら違約金を払わなければならないから、やらないなんて選択肢はないのだけれど、それでも足が震えてしまった。

玄関扉に辿り着いて、僕は渋々と前に出る。パーティの戦士は僕だ。一番前は僕がやるしかないのだから、僕がドアを開けるしかない……と思っていたのだけれど。

「あ、扉はユーネが開けますねー」

僕の肩にポンと手を置いて、ユーネが前に出た。

「キリ君の武器は槍ですからー、片手ではとっさに使えないでしょう？　もし扉を開けた瞬間になにか飛びだしてきたらー、というときのためにぃ、少し後ろで警戒お願いしたいんですよぅ」

「ああ、なるほど……」

「ふふん。ユーネは冒険者さんのことは少し予習してきているのですー」

僕が恐がっているから気を遣われたのかと思ったけれど、どうやらちゃんとした理由があったようだ。……ところでユーネの長柄のメイスも片手では使えない武器なのだけれど、使う気とかないのかな。

「では開けますよー」

ユーネがドアノブを掴んで引くと、こちらの鍵も壊れているようで、ギギギと音を立てて扉が開く。この家は一度修理した方がいい。

屋敷の中は暗かった。窓を木板で塞いであるからだろう、光が差し込まず、ほとんど真っ暗だ。おかげでなにも見通せない。かろうじて入り口の近くが分かるくらい。

「依頼書の情報通りね。入り口の扉は鍵が壊れているから開く、って。まあこれで屋内に入れることは確認できたわ。——どうするべきかしら。まずは庭を見回ってみる？　一周回って、特になにもなければ建物内を探索するのが基本だと思うけれど」

「そうですねー。とりあえず一周、見て回ってみましょうかー」

中の暗さだけ確認して、リルエッタとユーネが相談する。たしかに建物の外周を見て回るのは必要だろう。窓から中を見たりはできないだろうけれど、広い庭だからなにかあっても不思議ではない。

町の中でも魔物がいることはあるという。空を飛んできたり、壁を登ってきたり、町の真ん中を通る川から流れてきたり、海から上がってきたり。

こういう人が来ない場所は魔物が巣くいやすいそうだから、まず庭を見てみるのは間違ってないのだろう。

けれど。

「あれ、人の足跡じゃない？」

「え？」

僕は玄関を指さして、その違和感を口に出す。リルエッタとユーネが驚いてこちらを振り向く。

屋敷の中の、床。長年の放置によって傷んだそこには、よく見ると積もった埃を踏んだ靴の跡が残っていた。

——それも、たくさん。


コツ、コツ、コツ……と足音が響く。剥き出しのレンガの床は硬く、寒々しい。

短杖に灯された魔術の灯りは橙色で、暗い屋内をぼんやりと照らしている。蜘蛛の巣が張った天井や、宙を舞う埃が見えるのは少し嫌だけれど、優しい色の灯りがあると少しだけ怖くなくなった。

「鉄格子の門扉も、入り口の鍵も壊れていたのだもの。宿に泊まるお金もない食いつめ者や流れ者がいてもおかしくないわ」

「ですねぇ……。恐い人がいるかもしれませんー」

かすかにカビの臭いがする廊下に、リルエッタとユーネの真剣な声が反響する。彼女たちは周囲を確認しながら、慎重に歩を進めていく。

それはいい。とてもいい。油断するより全然いいのだろう。

「……ところで、なんで二人とも僕の肩を掴んでるの?」

一番前を進む僕は両肩をがっしり捕まえられて、歩きづらくてしかたがなかった。

これじゃ槍も構えられないんだけど。

「だって、ゴーストって結局はマナで留まってる死霊だもの。魔力を散らしてあげればいいんだから、魔術があればゴブリンよりも楽に対処できる相手だわ。けれど人はそうもいかないでしょう?」

「神聖魔術って人族には全然役にたたないんですよねー……」

「……さっきまで余裕そうだったのに」

暗がりの廊下を進んでいく。積もった埃に残された足跡は、うっすらしていてあまりハッキリは見えない。ただ足跡の群は時折あっちに行ったりこっちに行ったりしながらもほぼ一方向に向かっているようで、追いやすいことは追いやすかった。

「……人の足跡か」

ハッキリとは言い切れないけれど、足の指の形とか分からないから裸足ではないと思う。靴を履くヒト型の魔物もいるらしいが、普通に靴を履いた人という見方が本線だろう。

なら……もし人を見つけたとして、どうするべきだろうか。僕は歩きながら考える。

まずは会話するべきだろう。

あなたは誰ですか。どうしてこんなところにいるのですか。僕たちは噂の真相を確かめるために雇われた冒険者です。ここの土地は近々売られる予定なので出て行ってもらえませんか。

先の三つは雑談みたいなものだけれど、最後の一つは伝えるのがちょっと難しい。相手が荒っぽい人だったら、言い方を間違って怒らせたら最悪——戦闘になるかもしれない。

もし、戦闘になったら。……人と、戦うことになったら。

ニグとヒルティースとの戦いを思い出す。油断してこちらを馬鹿にしていても、僕より強かった二人。

勝てる可能性はあったと思う。一つ違っていれば、僕の攻撃は当たっていたはずだ。

けれどもし、実戦で彼らと戦って勝つとしたら——殺さずに、なんて余裕はない。

「もし人と戦うことになったら、逃げようね」

肩を掴む後ろの二人にそう言うと、返答は明確だった。

「そうね。異論はないわ」

「ただの調査依頼ですしねー」

彼女たちもそこまでする気はないらしい。安心した。

「ここの扉も開いているわね」

一つ一つ扉を開けて、部屋の中を確かめていく。

足跡が向かっているのは、玄関ホールから右へ行った長い廊下だった。そこに並んだ扉は開け放たれているところもあれば、隙間が少しだけ開いているところもあって、閉められている扉にも鍵はかかっていなかった。

今回はちょっとだけ開いている扉で、僕が開くと軋むような音を立てた。……もういいけれど、ユーネは最初の一回以外に扉を開けてくれてない。たぶん予想外の足跡を見つけてビックリして、自分が言った役割を忘れちゃったんだと思う。

「なにもないね」

リルエッタが灯りを差し込むと、本当になにもない室内が見通せるようになる。

引っ越しの際にあらかた持ち出されたのか家具の類は残っていないようで、ガランとした室内は間取り以上に広く見える。おかげで探索はしやすいけれどすごく不気味だった。

「足跡もこの部屋には立ち寄ってないもの、当然ね」

リルエッタも部屋を覗き込む。声が近くって、横目で見るとチェリーレッドの髪が頬をくすぐってくるほど近くに少女の顔があった。ちょっとびっくりする。

「でも、全部屋を確認しないとー。依頼ですからねー」

ユーネも僕の上から乗り出すように部屋の中を覗く。彼女は僕たちの中で一番年上だから、その分だけ背が高い。

「一応、このあたりで魔力感知の魔術を使ってみるわ」

リルエッタがそう宣言して、部屋の中に入ると肩掛け鞄から大きめの一枚布を取り出す。

正方形に織られた布には二重の円が描かれていて、その円の間に細かい文字が書かれていた。……魔術陣というやつだ。

近場にある濃い魔力の場所が分かる、という魔力感知の魔術。あの魔術陣にはその精度と範囲を上げる効果があるらしく、彼女は玄関ホールでも一度使用していた。

あの布はいちいち術式を書かなくても使えるように用意して来たらしいが、つまり昨日の時点で彼女はこの屋敷調査をするつもりで考えていたらしい。

「魔力感知って、探査の魔術となにが違うの？」

「探査は範囲が広いけれど、だいたいの方角しか分からないし設定した対象以外のことは分からないのよ。その点、魔力感知は術者の感覚を研ぎ澄ますものだから、範囲は狭いけれど得られる情報量は全然違うわね」

不死族はだいたい魔力で動くと彼女は言っていた。ここにはゴーストがいるかもしれないという話だけれど、魔力感知ならゾンビやスペクターがいても分かるってことだろう。……それはかなり便利だ。警戒がしやすくなる。

魔術はやっぱりすごい。冒険者にとって本当に有用な特技なんだと感心してしまう。

リルエッタが灯《とも》りを灯した短杖を小脇に抱え、床に布を敷く……ちょっと躊躇った。どうやら埃だらけの床につけるのが嫌らしい。そういえばさっきの玄関ホールでも嫌がってた。しばらくまごついて、意を決したように布を床に敷く。悲しそうな顔が優しい橙色の灯りに浮かび上がる。

……こういうところ、もしかしなくても彼女は冒険者に向いてない気がするんだよな。

はぁ、と息を吐いて気を取り直し、リルエッタは短杖をかまえた。呪文を詠唱する。

「なにも感じられないわね。ゴーストの類がいるのなら、ちょっとした残滓でも感じ取れるはずなのだけれど」

「いないってことですかー？」

「広い屋敷だもの、まだ分からないわ。油断せずにいきましょう」

ユーネと僕に注意を促して、リルエッタは床に敷いた布を回収する。念入りに叩いて埃を払って、悲しそうな顔で肩掛け鞄にしまった。……あの鞄、お気に入りなのかな。

彼女の言うとおり、足跡の主とゴーストのどちらも警戒したまま、僕らはまた廊下へ戻る。コツ、コツ、コツと足音を響かせながら、次の扉へ向かう。

「……ゴーストと足跡の人が一緒にいることってあるかな？」

怖い想像をしてしまって、思わず声に出してしまった。

「そのときは、ゴーストに憑依されて乗っ取られている人が襲ってくるわね。ユーネの出番かしら」

「え、ええー……まあ、詠唱時間さえ稼いでいただければー」

「神聖魔術ならなんとかできるの？」

「はい、邪悪なものだけを浄化する奇跡なのでー」

なるほど……。けど、時間稼ぎかぁ。

一般人がゴーストに乗っ取られて襲ってくるとして、死霊が槍を恐がってくれるだろうか。牽制しても立ち止まってくれなかったらどうしたらいいんだろう。

「歩けないように槍で足を怪我させる……とかかな。やりたくないけど」

「……そうね。状況次第ではユーネの神聖魔術を試してもいいけれど、基本は退却するべきかしら。そういう被害者がいても無傷で救出できる自信はないわ」

「でもー、ゴーストにあんまり長く憑依され続けると、意識が混ざったりして危険なんですよねぇ……その場合はなんとか挑戦するべきだとユーネは思うんですがー」

この想定に怯えていたユーネだったけれど、退却には反対のようだ。もし自分の手で救える相手なら救いたいのだろう。

ただ、これは調査の仕事。それをやっても報酬は出ない。そしていくら冒険者だからって無駄に危険を冒すのは得策ではない。

——けれど。

「……一回」

僕は槍を握る手を意識する。

「そのときは神聖魔術一回分だけ、なんとか時間を稼ぐよ」

——パーティリーダーの仕事はね、パーティを輝かせることだよ。

そんな、ペリドットの言葉を思い出した。

できるのなら。やりたいのなら。やるべきと感じたのなら。このパーティならそれが可能であるというならば……仲間を信じて挑戦する。

それが輝くってことだと、感じたのだ。

「……この依頼の成否には関係なくても、できるかどうか試しておくのは悪くないわ。次の仕事で活かせるもの」

渋々ではあったけれど、リルエッタも賛成してくれる。

たぶん内心では、退却を提案したのも不本意だったのだろう。彼女は真面目だから、できるだけきっちりと仕事を終わらせたいに違いない。

「わ、分かりました。ユーネ、がんばりますねー」

方針が決まって、むん、と気合いを入れるユーネ。それはいいけれど、僕の左肩を掴んでる手に力を入れるのはやめてほしい。

「あ」

橙色の灯りに、次の扉が浮かび上がる。どうやら突き当たりの角部屋で、扉はしっかりと閉まっていた。

……そして、足跡は扉の前まで続いている。

「この先ね」

リルエッタがそう呟くと、緊張に生唾を飲み込む音が聞こえた。たぶんユーネのもの。

薄く積もった埃についたハッキリしない足跡だったけれど、ここにきて靴の形を少しだけ見て取ることができた。どうやら扉の中に入る跡と出てくる跡がある。出入りがある、ということだ。

それが分かったのは、このあたりだけ足跡が妙にばらけていたため。なんだろう、とちょっと不思議に思って、けれどそれを口にする前に、ユーネが僕の肩から手を離して前に出る。

「と……扉を開けるのは、そういえばユーネの仕事でしたー。い、いきますよー」

こんなときに思い出したのか……。彼女がドアノブに手をかけるのを見て、抱いた疑問は頭の端っこに追いやった。

僕は槍を構える。

扉が開く。

「うわっ……！」

「キャッ！」

「ひ、ひぃー！」

三者三様の悲鳴が響く。

開いた扉のすぐ向こう側に、橙色の灯りに照らされて、白い人影が物も言わず佇んでいたのだ。

「ご、ゴーストっ？　二人とも下がって！」

「あなたも下がりなさいキリ！　ゴーストに武器は通じないわ！」

「あ、あああアーマナ神さまどうか加護を加護を……！」

三人でパニックになりかけながら、バタバタと廊下を戻る。心臓が破裂するかと思った。扉のすぐ向こうにいるなんて聞いていない。

すごく騒がしく距離をとっても、白い人影は追ってこなかった。扉の向こうに佇んだままじっとしているようだ。薄気味悪くって不気味な姿だけれど、動く気配もない。

「……どうしたんだろう？　不死族って、生者を襲うんだよね？」

「あの部屋から出られない……とかでしょうかー？」

あまりに動かないので槍を構えたまま疑問を口にすると、ユーネも不思議そうな声を出す。

あの部屋から出られない。ゴーストのことはよく分からないけれど、そういうのはありそうだな、と思った。あの部屋で死んだとか、特別に思い入れがあるなにかがあるとかで、あの場所に囚われているのではないか。

たしか村の神官さんが持ってた本の中にも、そんな不死族について書かれていた気がする。

「…………いえ、違うわ」

ユーネの推測を否定したのはリルエッタだった。彼女は掴みっぱなしだった僕の肩から手を離すと、コツコツと足音を立てて廊下を進んでいく。

「ちょ、え？　危ないよリルエッタ！」

慌てて注意するけれど、彼女の歩みは止まらない。仕方なく僕は追いかける。

いきなりどうしたのだろうか。もしかして操られている？　だとしたら大変だ。どうにかしないと
――

そして。

躊躇うことなく歩を進めたリルエッタは扉の前まで辿り着くと、迷いもせず白い人影に手を伸ばす。

「やっぱり」

バサリ、と。少し黄ばんだ白いシーツを剥ぎ取ったのだ。

その下にあったのは手すりが壊れた椅子と、その椅子の背もたれに立て掛けられた、穂の部分がずいぶん寂しくなった古いホウキ。

「敷地内に入った子供が白い人影を見て逃げ帰ってきた……噂の中にそんなのがあったわ。まったく、人騒がせなことね」

――……つまり、ここは近所の子供たちが、度胸試しの遊び場にしていたらしい。

子供が遊び場にするような場所に邪悪な不死族がいるわけがない。いたら噂話どころの騒ぎでは収まらない。

それでも僕たちは屋敷の全ての部屋を見回り、庭も念入りに確認して、しっかりと調査を終わらせた。

「なにもなさそうだからって中途半端な仕事はできないわ。簡単な仕事だもの、完璧にこなして胸を張って報告するべきよ」

リルエッタの言うことはもっともで、胸を張れるくらいちゃんと仕事をやって気持ちよく終わらせたいのは僕とユーネも同じだった。

そして……なにもないことを確認した。

誰もいなかったし、なんにも出なかった。ユーネが蜘蛛の巣に顔から突っ込んで半べそかいたくらい。

廃墟はずいぶん怖かったけれど、結局は拍子抜けな結果に終わったのだった。

とはいえ……あるものを見つけるのなら見つけた時点で終わりでいいけれど、ないことを確認するのなら端から端まで見て回る必要がある。今回の調査はまさしくそういう依頼で、危なくはなかったけれど時間だけはかかってしまった。

だから、冒険者の店に帰ったのは夕方ごろ。

「壊れた椅子とホウキにシーツを被せたゴーストもどきか。それ以外にはなにも見つからなかったんだな？」

「魔力感知と目視で敷地内は全部確認したわ」

「不死族も魔物も、人もいなかったよ」

「蜘蛛の巣がたくさんあったくらいですねー」

僕たちが報告すると、バルクは羊皮紙に書き留めていく。後で依頼人に説明するのだろう。

……そういえば今回は依頼人に会わなかった。そういう仕事もあるらしい。

「わたしが見たところ、屋敷は傷んでいたけれど、少し補修すれば人が住める程度だったわ。ひどく雨漏りしている様子もなかったし、あの土地を売り出すのであればまず清掃の手を入れて……」

「それは依頼人が判断することだ」

さらに続くリルエッタの報告を、バルクは遮る。

「冒険者の店はそこまで責任を持てん」

少女はムッとした様子だったが、続く店主の言葉にはぐぬぬと黙り込む。

そんなところまで確認していたのか、と僕は感心してしまったけれど、たしかに冒険者の仕事の範囲を超えた内容だ。そしてリルエッタは商人の子ではあっても、建築の専門家ではない。

バルクにとっては報告されたところで、依頼人には伝えられない情報なのだろう。

「まあ、仕事に関して文句はない。ご苦労だった」

カウンターに報酬が置かれて、僕はお礼を言って受け取る。

順番待ちの人がいたので少し脇にどいて、報酬を分ける。……今日も一番活躍したのはリルエッタだったけれど、報酬は山分けがこのパーティの決まり。それが一番面倒がないってチッカが言ってた。

「ふん、ちょっとは見直したわ。店の方はけっこうしっかりしてるじゃない」

「冒険者の皆さんがアレですからねー、店主さんが厳しく見てるんでしょうかー」

「うん、二人ともちょっと声を小さくして」

ガヤガヤと騒がしく、まだ日が落ちきってないのにもうお酒の匂いが漂ってくるから、たぶん誰も僕らの話なんて聞いてないはず。けれどそれでも、冒険者がちゃんとしてないみたいなことをここで言うのはどうかと思う。たとえ事実でも聞かれたらマズい。

「とにかく、今日の仕事は良かったわ。わたしとキリの探索能力とユーネの神聖魔術。このパーティの特性に合致した依頼内容だったと言っていいでしょう」

「ユーネはほとんどなにもしてない気がして、ちょっと後ろめたいんですけどー……」

「そんなことないよ。もしものときにはなんとかできるって、すごく心強い」

「そ、そうですかー?」

ユーネは疑わしそうにするけれど、それは本心だ。

結果としては肩すかしだったし、彼女の出番もなかったのは事実。……でも彼女がいなければ、そもそも今日の依頼は候補にも挙がらなかったに違いない。

「やっぱりわたしたち、調査の仕事が向いているのではないかしら？　同じような依頼があったら積極的に請けていきましょうよ」

「それだとユーネのお仕事ないですけどねー……」

「いつ戦闘が起きるか分からないから、ユーネがいるだけで僕は助かるけど」

前回も今回もあまり活躍できていないユーネは微妙な顔をするけれど、彼女の出番は誰かが怪我したときか不死族が出てきたときである。できればそんな機会は遠慮したいけど、でも戦闘があったときには頼りになるから常に一緒にいてほしい。

なんだか難しいけど、治癒術士っていてくれるだけで嬉しいんだな……。

話しながら特に示し合わせることもなく、三人で依頼書が貼られる壁へ向かう。新しい依頼が出ているか確認して、明日の仕事について相談するために。

その途中に、見知った顔があった。

「あれ？　ウェインたちだ」

依頼書の貼られた壁に一番近いテーブル。

そこにいたのはウェイン、チッカ、シェイアのいつもの三人で、椅子には座らずに立ったまま、何事かを相談しているようだった。

「それに……ペリドットさん？」

テーブルにはペリドットもいて、計四人で真剣に話し合っている。

意外な組み合わせだ。あの太陽の輝き宿す戦士さん、ウェインはともかくチッカとシェイアとはすごく相性悪そうな気がするけれど。

「あれ、テテニーのパーティの戦士よね？　あの三人と知り合いなの？」

どうやらリルエッタにとってペリドットは、兎獣人のテテニーさんと同じパーティの人という認識らしい。

そのテテニーさんは見当たらない。今日は一緒じゃないのだろうか。あまり人前に出たくない人って話だったから、冒険者の店にはあまり顔を出さないのかもしれない。

「ペリドットさんならこの前、ウェインとは話してたよ」

「ふぅん？　じゃあ仕事の話かしら。依頼によってはいくつかのパーティが協力することもあるらしいし」

この店の最高ランクパーティと、ウェインたち三人が合同でやるクエスト……。それはずいぶん大がかりな仕事なのではないか。

そう思うとちょっと気になってしまうけれど、あの四人にしては真面目な様子で話しているので挨拶をするのもちょっと尻込みするな。

とはいえ依頼書の壁から一番近いテーブルなので、どうしたって近くには行くことになる。四人は声をひそめたりしていなかったので、耳をそばだてるまでもなく会話は聞こえてきた。

「めんどくせぇ……危険の薄いルートだけ選んでの移動とかやベーめんどくせぇ。どんな遠回りしてんだよまっすぐ行けよ」

「探索範囲が広すぎるね……街道沿いは基本的に安全だから行こうと思えば行ける場所多いし、隙間を縫うような場所も多くてウンザリする」

「危険区域にポツポツ生えてるらしいのが嫌。探査魔術が反応する」

なんだか本気で難航している雰囲気なのは分かった。

「なかなか難しいものだね。ムジナ翁はキリネ君に忠告したのだし、子供の足でも行ける場所にあると予想していたのだけれど」

「だからそれ、困ったあげくに出てきた言葉でしょ？　たぶんそこまで考慮できてないよ。早く逃げたくって思いついたのを言っただけだと思う」

あのペリドットですら困り顔で悩んでいて、チッカがこめかみを揉みほぐしながら推察をぶつける。

テーブルには地図が広げてあって、四人はどうやらそれを見て話し合っているらしい。

というかこの人たち、もしかしてムジナ爺さんの話してる？

「えっと、ムジナ爺さんのなにを悩んでるの？」

真剣そうな話だったから声をかけない方がいいかなと思ったけれど、ムジナ爺さんのことならと興味が勝ってしまった。

思わず声をかけると、チッカが最初に振り向く。

「お、チビじゃんお疲れ。なー、ムジナ爺ちゃんからナクトゥルスって薬草どこに生えてるか聞いてない？」

「聞いてるよ？」

頷くと、四人ともすごく驚いた顔をした。

どうやらナクトゥルスについて話していたようだ。そういえばペリドットに夕食を奢ってもらった折、話題に出した覚えがある。

あれはまだ時期が早いけれど、なにかの事情で急に必要になったりしたのだろうか。……僕は首を傾げながら、テーブルの上の地図に描かれたベッジの森の北西を指さす。

「ここ」

「そこぉ？　森突っ切らないと行けないでしょそんなの」

チッカがすっとんきょうな声を上げる。……この四人なら森を突っ切ればいいと思うのだけれど。

「地図だと北東への街道はここで途切れてるけれど、この先に廃村があるらしくって道はまだ残ってるんだって。で、その旧道の途中からなら安全にここまで行けるみたい」

「マジか……」

僕の説明に、ウェイン、チッカ、シェイアの三人が頭を抱える。

「丸二日歩いたのが無駄足だ……」

「……というか、あたしらじゃこれ見つけるの不可能だったね」

「最初から聞けばよかった」

質問に答えただけなんだけど、なんだか悪いことした気になってきた。

……というか、あんなに真剣に話し込んでいたからどんな大事だろうかと思ったのに、薬草が見つからないだけだったらしい。ちょっと拍子抜けだけど、この三人のことだから、やっぱりって感じがする。今日は拍子抜けしてばかりだ。

まあ、役に立ったなら良かった。

「じゃあ、僕はこれで。ウェインはまた後でね」

軽く手を上げて、僕はテーブルから離れる。壁際でリルエッタとユーネが僕を待っていた。

……いきなりこっちに交ざっちゃったから、リルエッタはちょっと怒ってるかもしれない。早く戻った方がいいだろう。

僕たちは僕たちが明日請ける依頼の相談をしなければ。

「……待ちたまえ、キリネ君」

ペリドットの声が、僕を呼び止める。

「……待ちたまえ、キリネ君」

呼び止めて、それからなぜ呼び止めたのかを考えた。

もう彼から得られる情報はない。彼から得た情報を疑わしく思うわけでもない。そうするべき理由はなかったはずなので、おそらく自分はそうしたかったのだろう。

ふむ、と観察する。

若いというよりは、幼いと言ってしまっていい少年。おそらくギルド登録が可能な十二歳にすら届いていないだろう彼は、やはりどこにでもいる普通の子供に見える。

おとなしそうな印象の彼が冒険者の店にいる事実に関しては違和感が強いが、かといってそこに違和感以上の特別性を見いだすことはできない。

奴隷になるところを逃げて冒険者になった子……だったか。そういうこともあるのだろうな、くらいの話だ。

「なに？　ペリドットさん」

素直に足を止めて振り向いた彼が、呼び止めた理由を問うてくる。その顔が無垢すぎて、自分がなぜそうしたのかやっと理解した。

不可解だったからだ。

「ナクトゥルスは常設の薬草採取依頼の中で二番目に高価な薬草だろう？　厩で寝起きする君にとっては大切な収入源のはずだ。なぜそんな簡単に教えてくれるんだい？」

不可解は、不愉快だ。気にくわない。

べつに他者が突拍子もないことをしても気にはしない。それが理解できなくても問題はない。しょせん他者は他者であり自分ではないのだから、いちいちかかずらうことに対して意味を見いだせない。それが同業のやることならなおさらだ。

冒険者は自由なのだから。

どうして他者を気にする必要があるのだろうか。どうやら自分は奇人変人の類であると、多くの者に口さがなく噂されているらしいが――それを知ったときも、そうなのか、とだけしか感じはしなかった。暇な話だ、と思ったくらいだ。

冒険者は自由だ。誰も彼も自由に振る舞えばいい。わざわざ枠内に収まろうとする方が理解できない。しょせん誰も彼もがハグレ者、真っ当に地に足着けて生きることを選ばなかった者たちならば、ムジナ翁のように他人の評価なんかクソ喰らえと笑い飛ばすくらいでちょうどいい。

なのにぼくを奇人変人と言い定める他の冒険者は、ぼくと比べれば自分がまだ常人の枠内であると安堵する。それはまったく不可解な心理であり、そこになんの意味があるのかこれっぽちも理解できない。……そういった困惑を抱いたことはあって、そしてどうでもいいことだと捨て去ってきた。

そういう穿った見方は、ぼくには要らないものだから。

けれどそんなぼくが、この少年を前にして——奇人変人の類なのかなと思ってしまっている。

弱く、貧しく、矮小な彼が貴重な食い扶持を晒すなどと誰が予想できようか。そしてなんの要求もなく去って行こうとするのはどういう了見か。知っていても教えたくはないだろうと思ったからこそ、先日も聞かなかったというのに。

理解できない。不可解だ。なにより、この不可解さを無視できない自分がいる。これは気にくわない。自己の一貫性がとれない。解消しなければならない。

故に、理由を問う。

「高価な薬草を採り尽くされてしまうとは考えないのかい？」

なぜ貴様は、このぼくに施した？

その幼い少年は、奴隷商から逃げてきた哀れな子供は、厩で寝起きする新人は、少しだけ首を傾げた。

その問いにこそ、なんの意味があるのかと困惑するように。

「だって、困ってたでしょ?」

ふむ。

なるほどなぁ、と納得して。そうか、と頷いて。あーあ、と心の内だけで呟いて。

ぼくは、彼に敗北した。

「困っている人は助ける、か。完璧な道理だね」

心からの賞賛が溢れ出て、ぼくは右手を己の胸に当てて礼をする。

余裕のある者が行う身を切る善行は、気まぐれと大差ないものが大半だ。余裕がなくても打算があれば多少の不利益は許容できる。聖職者であったなら善行そのものが目的として成立する。

——けれどこの少年は、そのどれとも違うのだろう。

「ありがとうキリネ君。提供してくれた情報、とても助かるよ。君に心からの敬意と感謝を」

「いや、そんなにかしこまってお礼を言われると困るけど……」

「フフン、君がどう思おうと関係ないよ。ぼくがそうしたいのだからね。……ああそれと、先ほどの話については安心していい。意地悪なことを言ってしまったけれど、ぼくたちはただこの冒険者の店のレジェンドであるムジナ翁を偲ぶため、その足跡をたどりたいだけだからね。薬草は採る気がないんだ」

「えっ、そうなんですか？」

目を丸くして驚く少年。うん、やはりムジナ翁は彼の中で大きい存在のようだ。目に見えて食いついてくる。

でも、一緒に行きたいとか言われると困るので、ここは早口になっておこう。

「そうなのサ。ああでも、ナクトゥルスは時期的にまだ早いって話だけれど、様子だけは見てきてあげるよ。もう採れそうだったら教えるから、君は安心して君の仕事に励むといい。——ほら、君の可愛らしい仲間が待っているよ」

「あ……うん、分かりました。ありがとうございますペリドットさん」

仲間を待たせていることを思い出したのか、礼儀正しく頭を下げてから慌てて戻っていく少年。

その微笑ましい後ろ姿に、ぼくは目を細める。

「気持ち悪ぃなペリ野郎。ただでさえ他人に興味ないお前がそんな顔するなんて、明日は槍でも降るんじゃねえの？」

「ブルディオ君は失礼だねぇ。少しキリネ君を見習ったらどうだい？」

「ウェインだっつってるだろ」

やれやれ、と肩をすくめる。せっかくの良い気分が台無しだ。

他人に興味がないなんて評価は間違っている。正しくは、名前を覚えたいと思うような相手が少ないだけである。

その点で言えば、今日はいい出会いに恵まれたのだろう。

「キリネ君は目がいいね。とても綺麗な瞳をしている。あれはもしかしたら、いつか英雄になる器かもしれないよ」

夕食はまだ食べていない。昨日の失敗から食事は訓練の後と決めていた。

練習用の棒の感触を確かめる。毎日振っているそれは、最近だいぶん手に馴染んできた。

ゆっくりと息を吐き、大きく吸う。深く呼吸するときはまず限界まで吐くといいと教えてくれたのは、村の神官さんだっただろうか。

ザッ、ザッ、という地面を擦る音が聞こえた。ニグが土を固めるように足元を踏みしめている。あれにもなにか意味があるのだろうか。それとも、ニグなりに気合いを入れる仕草とかだったりするのだろうか。

知らないことが多すぎる。――昨日ニグとヒルティースと戦って、その戦いを何度も何度も繰り返し思い出して、痛感した。

子供だからと、子供のようにあしらわれた。馬鹿にされた。当然だ。あちらの方が強いのだから。

僕は、弱いのだから。

目を閉じて、ふぅー、と息を吐いて、浅く吸う。再び目を開けて、これから戦う相手をまっすぐに見た。

……そうだ。僕は弱い。リルエッタとユーネの二人と一緒に二度、薬草採取以外の仕事をやったが、そのときもそれを痛感した。昨日は僕が弱そうだからとおじさんに気を遣われ、今日は呪文詠唱の時間稼ぎすらできるだろうかと真剣に悩んだ。

このままでいいはずがない。僕は、強くならなければならないのだと知った。

「幸運だ」

呟く。

まるでおあつらえ。笑っちゃうくらいできすぎで、目の前に用意されたご馳走のようだ。

強くなる必要があって、倒してやりたい相手がいて、戦う機会がやってくる。

今夜は月が綺麗だ。

「それじゃ、ガキんちょ対ニグの試合、開始」

今日は開始の合図があるようで、たぶん気まぐれであったりなかったりするんだろうなとだけ思って、僕は棒を構える。

さあ、再戦の時間だ。

何度も何度も思い返して、ちゃんと考えてきた。

ニグの剣はすべてが大振りで、声と威勢で相手を萎縮させ、強打を受けさせることから始まる。単純で荒っぽいけれど、それが驚くほど効果的。怒声を浴びせられれば身体はどうしても固くなり、大振りの力強い打ち込みは当たったときの痛みを予想させて恐怖心を誘う。そして大振りの攻撃を受けてしまうと、その衝撃で体勢が崩れてしまうのだ。

一度戦術にはまれば連続で攻めたてられて体勢を立て直すことも難しくなるから、本当に厄介な戦い方だ。

けれど対策は立ててきた。僕は、そんなのに付き合わない。

「いくぞガキ！　オ――」

開始の合図と同時、色黒ギョロ目のニグが威勢を張り、遠間から大きく踏み込む。棒を振りかぶる。

そうだ。ニグならそう来る。

構えもない状態から上段へ。大振りは大振りだから、大きく振りかぶらないといけない。最初の一撃から大振りをしてくるのが分かっているのなら、それはただの隙だ。

だから、ここ。

相手の動きに合わせ、ヒゥ、と息を吐いて踏み込んだ。蹴り足。踏み込み。腰の回転。肩の回転。脇は締め、全ての速度を乗せて腕を伸ばす。

力はいらない。ただ自分のできる最速、最短で、棒を繰り出す。

そんな大声になんか、誤魔化されるか。

「──っ！」

ニグの目が驚愕に見開かれる。乾いた音が鳴って、僕の腕に硬い手応えが伝わった。

…………昨日と、違う。記憶と違う。予定と違う。

前回のニグは、もっと思いっきり棒を振りかぶっていた。大上段に、防御なんて考えない攻撃だけの勢いで。

けれど今日はただの上段。攻撃的なのはそのままだけど──

僕が繰り出した突きは、とっさに戻された棒によって受けられていた。……握る手と手の間。剣で言うなら柄の部分。

本当にギリギリの防御。傍から見ていたら防がれたのは偶然だと言ったかもしれないくらい惜しくって、あとほんの少しで当てることができたと歯噛みする。

勝てた、ハズだった。

用意した作戦は失敗した。

「──まだっ！」

爆発のように叫ぶ。ねじ入れるように踏み込む。

攻撃は失敗したけれど、ニグは受けたのだ。攻撃を防いだのはギリギリで、無理やり棒を戻したから反撃に転じられる体勢になっていない。

棒を横薙ぎに振るう。たたみかける！

「チィ！」

僕が踏み込む分、ニグが下がる。また持ち手の根元でギリギリ受けられる。

かまわない。ニグの棒に滑らせるように自分の棒を引いて、さらに突きを繰り出す。――腹を狙ったそれは横っ跳びに避けられる。

もう一撃、なんて言わない。五回でも十回でも、当たるまで何度でも繰り出す。ニグを追ってさらに前へ出て、上段に振り上げる。力いっぱい袈裟懸けに振り下ろ――

ダン、という足音を聴いた。ドン、という衝撃があって、ぐるんとなった視界でやけにハッキリと月が映る。

背中から地面にぶつかって、カハッ、と息を強制的に吐かされて悶絶した。

なにが起こったのか分からなかった。一瞬で変わった視界と突然の痛みに混乱する。今自分がどういう状態なのかも分からない。

さっきまで僕は、ニグを追い詰めていたハズなのに。

「一つ一つがぶつ切りだ。連続攻撃になってねぇんだよ」

声が聞こえた。そちらを見ると、ニグの姿と星空があった。彼は僕を見下ろしていた。

そうしてやっと、体当たりで吹っ飛ばされたのだと理解した。

トン、と胸に軽い感触。

倒れた僕の胸にニグの棒が当てられて、クソ、と僕は夜空へ吐き捨てる。

やっぱり……やっぱり、まともにやっても僕より強いじゃないか。

「勝負あり」

ウェインの判定が響き渡った。


「次。ヒルティース」

「はい」

ウェインが名前を呼ぶと、長髪を後ろで結んだヒルティースが前に出る。……どうやら休めないらしい。体当たりで背中から地面に倒されたんだけど。普通に痛いんだけど。

「よろしくお願いします」

「……よろしくお願いします」

笑顔で挨拶されて、僕は起き上がって挨拶を返す。ヒルティースはもう半身で構えてて、身体の後ろに左手を隠していた。

嫌すぎる。この人は本当に性格が悪い。

「それじゃあ、試合始め」

ウェインの合図で僕は棒を構える。……ちょっとだけ背中が痛んだけれど、ちゃんと動けるのは分かった。怪我はしていないようだ。

試合に問題はない。

ニグに負けたのは悔しいけれど、連続攻撃というのはどうすればできるのか考えてしまうけれど、気持ちは切り替えないといけない。

ヒルティースは昨日と同じく右手で棒を構え、左手は身体の後ろに隠している。重心はやはり、向こうから攻撃してくる気が感じられないくらい後方。

やりにくい、と感じる。

あの左手にはまた砂が握られているのだろうか。それなら、もうなにかがあるってバレてるのに隠すのはなぜだろうか。もしかしたら左手に注意を引かせて、僕の気を逸らしたいとかもあるかもしれない。

もうすでに術中にはまっている気がして、下唇を噛む。

警戒しないわけにはいかない。また砂をかけられて目潰しされるのは嫌だし、もっと嫌な想像だってできるのだ。

一緒に訓練を受けることになったのだから、また練習試合をすることくらい予想はつくだろう。だったら……今日のヒルティースは、左手用の武器を用意してきている可能性がある。もし短い棒かなにかを隠し持っていたら、前に出した右の棒で僕の攻撃を防いで左で攻撃してくる、なんてこともあり得るのだ。

警戒はしないといけない。

だから。

「ふっ！」

僕から攻撃を繰り出す。遠間から相手の右手を狙い、二撃。一つは避けられて、一つは受けられて防がれる。――そんな当然のやりとりを行って、僕は大きく跳んで離れた。

昨日とまったく同じ立ち上がり。やっぱりヒルティースは追ってこなくて、僕らはまた向かい合う。やっぱり向こうからは攻撃してこない。距離を詰めても来ない。そういう人なのだろう。きっと攻撃してくるのは仕留めるときだけなのだ。罠に掛かった獲物にトドメをさす狩人のように。

「ヒルティース」

試しに声をかけてみる。

「なんだい？」

返事がきたということは、会話もしてくれるようだ。心理戦も彼の得意分野だから、彼にとっては願ったり叶ったりだろう。

よく分かった。相手は受けの姿勢を崩さず、会話で揺さぶりをかけようともしてくる。つまり、まだあちらから攻撃はしてこない。

僕は構えを解いて、棒から右手を離す。そしてしゃがんで、足元の石を拾った。――戦闘態勢を維持するヒルティースの目の前で、ことさらにゆっくりとやって見せた。

少しの間、彼はなにが起こったのか理解できなかったようだ。やがて、隙だらけの仕草を見せつけられたことに気づいて、その目に険が宿る。

「……お前」

「卑怯とは言わないでしょ？　まさか」

石を思いっきり投げる。顔に向けて。その顔を見るだけで湧き上がってくるイラッとした気分を込めて。

大きめの石だ。当たったら怪我ぐらいはする。そういう石を選んだ。

「クッ」

ヒルティースが頭を振って避ける。僕は踏み込んで棒を振るう。とっさに反応したヒルティースがなんとか防ぐ。

追撃はしなかった。したかったけれど、しなかった。大きく後方に跳んで距離をとる。

きっとたたみかけてくると思っていたのだろう。その僕の動きがさらに意外だったのか、身構えた彼はそのままの姿勢で少し固まっていた。

「……驚いたよ、ずいぶんふざけたマネをするね」

「そう？」

ヒルティースの表情が怒りに歪んでいた。でもこれで怒るのは筋違いだから、僕は気にしない。

そっちが先にやってきたことなのだ、とすまし面までした。

そして。

僕はまた構えを解いた。右手を棒から離し、足元の石を拾う。

顔を上げると、ヒルティースの表情は怒りから驚きに変わっていた。

「どうしたの？　ふざけてるって言うなら、止めればいいのに」

本心から言ってやって、また石を投げつける。同時、その石の軌道を追いかけるように駆けた。

言葉で心を削り、投擲で隙をつくる。

卑怯とは言わせない。

「セヤァッ！」

「くそっ」

石を避け、棒を防ぐヒルティース。僕はさっきとまったく同じように、大きく跳んで下がる。

苦々しい顔をしながらも彼は、守備の型を崩さなかった。

ふん、とそれを観察する。

ニグは一目で分かる単純な戦い方だったけれど、ヒルティースは罠を張り巡らすような戦い方だ。

やりにくいけれど、よく見せてくれる。

ここまでくれば僕にだって、ヒルティースが防御を得意としてることくらい分かる。きっとあまい攻撃をしたらたちまち、さっきのニグ戦みたいにやられるだろう。

そしてまだ僕は、あの隠された左手になにがあるのか確認していない。

警戒すべきだ。好機を待つべきだ。あの左手が握っているモノをあばくべきだ。

スゥ、と息を吸う。夜の冷えた空気を胸に呼び込む。その冷気で心を凍てつかせていく。

僕はまた石を拾った。奥歯の軋みが聞こえるほど、ヒルティースの表情が歪むのが分かった。

彼の怒りが限界を迎えるまで、そしてあの左手を使うまで、何度でも何度でも何度でも繰り返すのが、僕が用意した作戦。

心を削り潰してやる。


「いいかお前ら、絶対にガキんちょには負けるなよ」

一日目の酷い訓練を終えた後で大部屋に戻り、倒れるように横になってすぐ、ウェイン兄はそう言った。

「んなもん当たり前っしょ。負けやしねーよ」

「ああ、勝って当たり前だ」

疲れているから早く眠りに落ちたいのに、と内心で思いつつ答えると、彼は鷹揚に頷く。

「ああ、お前らとアイツじゃお前らの方が上だ。十回やれば十回勝つだろう。勝って当然だな。……だが、まぐれはある。それが五十回に一度か、百回に一度かは分からんが」

「まあ……そりゃあるかもしれないけどよぉ」

ニグが歯切れ悪く目を逸らしたのは、今日は少し危なかったからだろう。

しかしそれはもうない。アレの力はもう測れた。次からは危なげなく勝つに決まっている。

「油断するな、ということですね。格下に負けて死ぬ冒険者はいくらでもいるから」

冒険者になって半年の自分たちでも、そういう例は見たことがある。そこそこ名の知れたベテランたちの死体袋を見た後は、いつものネズミ狩りにも気を引き締めたものだ。

それを忘れないようにしろ、ということだろう。たしかに自分たちは今日、相手が子供だからといって舐めすぎていた。

「いいや、違う」

しかしウェイン兄は首を横に振る。

「お前らに勝っちまったら、ガキんちょが調子のるだろ？　自分が強くなったと勘違いして、調子にのって魔物相手に突っ込んで、死ぬ。——お前らのせいで死ぬ」

……自分たちの、せいで。

「お前らだってあんな子供を死なせたくはねぇだろうがよ？　だから絶対に負けるな。明日から毎回試合はするが、全部死ぬ気で勝て。当たり前に勝てるんだから、当たり前に勝ち続けろ」


——無茶苦茶言ってくれる。

だいたい十度は繰り返しただろうか、投げられた石を避け、前回とは違う角度からの攻撃を受ける。後ろに跳んで逃げていく小さな姿を歯噛みして見送る。

あんなの、百回に一度のまぐれすらねじ伏せろ、と言われたようなものだ。なにが調子にのらせて死んだら自分たちのせい、だ。試合は勝ったり負けたりするもので、冒険者は自己責任だろうに。

試合中に石を拾って投げてくるクソ生意気な子供にそこまで気を回せとか、酷い話にもほどがある。

「クソッ」

石を避ける。棒を受ける。こちらが攻撃に転じる前に、また離れていく。

ニグは良くやった。絶対に負けられないから昨日よりも防御を意識した。それが功を奏して、奇襲のような一撃を防御できた。

あの、なにからなにまで気に入らないガキに勝つべくして勝った。

――なら、自分が負けるわけにはいかない。

ガキが石を拾う。棒から右手を離して、膝を曲げて。

顔の角度から分かる。石を拾うとき奴はこちらの靴のつま先を見ている。……こちらが動くのを待っているのだ。

前屈ではなくわざわざ膝を曲げて石を拾うのは、こちらが動いたらすぐに反応するため。左手の棒は腕の力だけでそのまま突き出せるよう、こちらに真っ直ぐ向けられている。

罠だ。こちらが不用意に距離を詰めれば待ってましたとばかりに牙を剥くだろう。

……それを知ったうえで、こちらから攻めたとして――負けるとは思えない。勝てるに決まっている。体格も技量も経験もこちらが上だ。その程度で覆る実力差ではない。

しかし、それは勝率を下げるだけ。万が一のまぐれは否定しきれなかった。

だから攻めない。あえてその用意された隙は突かない。

石が投げられる。上体を反らして避ける。足を狙って攻撃が来る。右手の棒で払うように受ける。

今回は、それではすまなかった。

ガキがさらに踏み込んで来る。二撃目が振るわれる。……ニグが言ったとおり、一撃目と二撃目の繋ぎが甘い。受けながら体勢を立て直す余裕ができる。

小さな姿が後ろっ跳びで離れていく。それは追わない。追う必要が無い。

パターンが変化した。焦っている証拠だ。こちらはこのままでいい。

なぜなら……——

「疲れるだろ、それ」

そろそろだろう、と声をかける。月明かりの下でも分かるほど、相手は肩で息をしていた。

「持久戦の経験なんかないだろ？　覚えておくといい。攻撃の方が防御より疲れるんだ。ただの棒でも、何十回も素振りすれば腕が上がらなくなるものさ。戦闘中なら神経を使う分、体力はゴリゴリ削れていく」

前回は、時間をかけるのが恥ずかしい、なんて理由でこちらから攻めてしまった。だから少し危ない瞬間があって、それは反省点として肝に銘じた。

今回はちゃんと時間をかけて調理している。十分だ。

「しゃがむ。石を投げる。距離を詰めて攻撃する。大きく跳んで離れる。子供は元気だね。けど動きが激しすぎる。何回やる気だったか知らないけれど、あと何回できるのかな？」

これがこちらの作戦だ。体力を削り動きを鈍らせ、狩る。……そのための仕込みとして、うかつに踏み込んでこないよう左手を隠し、警戒させていた。

罠とはこうやって張るんだ。

「無駄な牽制ご苦労様。実は今日は、左の手はカラなんだ」

隠していた左手をこれ見よがしに開いて見せて、ヒラヒラと振ってあげる。

これは嘘。本当は昨日と同じく砂を握っていたけれど、この展開になってからバレないように少しずつ捨てていた。

恨みを買うために。

そうして。

踏み込んでくる。怒りの声と共に、槍のように棒を繰り出してくる。

それを迎え撃つ。万全の体勢で。

……まったく。こっちの方が必死なんだ。心の勝負で負けるワケにはいかないだろう。

カンカンカンカンと、木の棒と木の棒がぶつかり合う音が響く。一人はウェインで、一人はヒルティース。

さっきからウェインが一方的に攻めて、ヒルティースがそれをきわどく受け続ける展開がずっと続いている。彼は防御が得意なはずなのに受けるだけで精一杯で、一向に反撃できていない。それどころか目に見えて追い詰められていく。

ウェインの攻撃はまるで流れるように繋がっていく。なんというか、一つ目の動きが二つ目も三つ目も見越しているかのようで淀みがないのだ。

しかも驚くべきことに、なにをやっても身体の芯がブレない。つまり背筋が伸びて、無駄な横移動と上下移動をしていない。……ただ真っ直ぐに距離を詰め、攻撃を繰り出すだけ。それで圧倒しているのだから、二人の間には相当な実力差があるのだろう。

あれが本物の連続攻撃なんだなぁと、僕はそれをあぐらで座って眺めていた。

見るのも訓練だという。なるほど他の人の動きは参考になる。今まではウェインと二人だけで訓練していたから、こんな機会はなかった。

そもそも、人と人が戦っているところを見るのも初めてだ。普通はこうやるんだなぁ、とまで思ってしまう。

「ようガキ」

地面に座って試合を観戦していると、話しかけてくる人がいた。ボサボサ頭と、ギョロっとした目が夜の月明かりに浮かぶ。色黒だからか、なんかそういうオバケみたいだ。

「見ててなにがスゲーかとか分かるのかよ、お前」

ニグは僕の隣にドッカと腰を下ろした。まあ、隣いいですか、とかわざわざ聞いてくる相手ではないだろうけれど。

というか、横に座ってくるのがそもそも意外だったり。

「手首の強さ……かな。ウェインは振った棒がピタッと止まるから、次の攻撃がすぐに出るんだと思う」

僕は少し考えて、そう答えた。

動きに淀みがないのは、棒の先端に無駄な動きがないからだ。迷い無く弧を描き、反動もなく止まり、また別の軌道を描く。

月光に浮かび上がる武器の軌跡は演舞のようで、美しいとすら思えた。

「ほんっとうにかわいくねぇな、お前」

ちっ、と舌打ちするニグ。もしかして僕の言ったことは合っていたのだろうか。

……だとしたら、嬉しくない。あれをマネするのは無理だ。僕はウェインより力がないから、あんなふうには止められない。

手首の強さというのは、文字通り小手先の技術ではないだろう。必要なのは訓練を積み重ねた末に身につく筋力である。僕があんなふうに武器を扱えるようになるには、いったいどれだけかかるのだろうか。

「お前ら、今日はどんな依頼請けたんだよ？」

ニグが聞いてきたことは単純明快だったけれど、なにしろ今の状況にはなんの関係もなかったもので、意味を理解するのにちょっと時間がかかった。

僕らが請けた、今日の依頼。

「幽霊屋敷の調査、かな。結局なにもいなかったけれど」

「昨日は？」

雑談……ということでいいのだろうか。隣に座ってきて、こんなふうに話しかけてくるなんて思わなかったのに。

あんまりいい印象を持たれていないだろうから、すごく意外。

「安全な粘土の採掘場探し。これも調査……かな」

昨日の仕事は基本、調査だった。難しかったのは護衛の方だったけれど。

「戦闘はナシか。そういう依頼を選んでるのかよ？」

「うん。術士が二人いるからこそできる仕事をしていこうって」

「まあお似合いなんじゃねーの」

フン、とニグは鼻で息を吐く。

「やっぱ気に入らねぇ。ズルいんだよ、お前」

ズルい、という言葉は二度目だ。ただし今回は、前とは違って聞こえた。

もっと本気で、もっと切実な響き。焦りすら感じられた。

「パーティに術士がいることが？」

自然にそうだと思った。

ニグとヒルティースはリルエッタをパーティに誘っていた。たぶん一緒にユーネも誘うつもりだったのだろう。

術士がいれば、できる仕事の幅はすごく広がる。それは冒険者としてかなり有利であることくらい、僕にはもう分かっていた。

「べつに、それはいいんだよ」

けれど不機嫌そうな顔で否定されて、えっ、てなる。絶対にそれだと思ったのに。

「いくら魔術が使えたとしても、あの二人は見るからに初心者だろ。どうせ戦闘に関しちゃお前よりも素人だ。いざって時には足手まといにしかならねぇ」

それに関しては……僕も違うとは言えなかった。なんのフォローもできやしない。

僕らの戦闘経験はまだ一回だ。だから戦いについては、あのマナ溜まりでやったゴブリン戦しか参考にするものがなかった。

ゴメン二人とも。あれは零点。

「でも、ニグたちはリルエッタをパーティに誘ったんだよね?」

「まあな」

ニグは頷いたが、頷いただけだった。それ以上なにも言わない。

足手まといになるのになんで誘ったのか説明を待ったけれど、少し待ってもぜんぜん口を開く様子はない。ただ、不機嫌そうな顔でウェインとヒルティースの訓練を眺めている。

……むぅ、と考える。

ニグとヒルティースは戦士だから、やはり戦闘がメインの依頼を請けているのだろう。魔術は使えないだろうし斥候らしくもないし、むしろそれしか請けていないのではないか、とすら思う。

彼らのように得意な分野が一つしかない場合は請ける依頼の種類が決まってるから、仲間を誘ってできることの幅を増やすにしても、基本はメインの仕事が有利になる方向で考えるはず。だから術士であることそのものより、どれだけ戦闘力が向上するかの方が重要なのではないか。

しかしニグは今、リルエッタとユーネは戦闘では足手まといだと言った。ということは、誘ったのは戦闘以外の理由なのだろうか。

「むぅ」

腕を組んで、さらに考える。

ユーネは治癒術士だから、戦闘後の治療が期待できるだけで二人にとってはありがたいはずだ。リルエッタの魔術は昨日と今日の依頼ですごく役に立ってくれるってもう分かっている。だからパーティにいたら絶対にありがたいはずだけど――

いや、違う。

僕はさっき、パーティに術士がいるから？　と聞いた。それに対してニグは否定したのだ。ならリルエッタとユーネが魔術を使えることは関係ない。

ううむ……よけいに分からなくなってしまった。じゃあなんで二人はリルエッタを誘い、なぜ僕をズルいなんて言うのか？

「あ」

分かった。

分かったと同時に、ちょっとムッとした。そんな理由でズルいなんて言われる筋合いはない。勝手に誤解されている。

ニグとヒルティースの誘いをリルエッタが断ったのは、あんなに怒鳴り散らしていたのは、二人がマグナーンを利用しようとしていたからだ。

「言っておくけれど僕、マグナーンからいい装備とかもらってないし、依頼だって壁に貼られてたやつしか請けてないからね？」

「んなことは分かってんだよ馬小屋暮らし！」

ニグはさらに不機嫌になってしまった。……あれ？　おかしいな。

えー……？　なんだろ。他になにがあるだろうか。もう心当たりが全くないんだけど。

「お前には分からねーよ」

そんなふうに言われて、また馬鹿にされた気になった。そっちから言ってきたくせに、そんな言い方があるか。

「じゃあ教えてよ」

「嫌だよ。教えてやらねー」

「ならズルいなんて最初から言わないでよ。卑怯でしょ、それ」

「ぐぬ……」

文句があるのはいい。僕がなにか気に障ったのなら、それは謝ってもいい。

けど理由も教えてくれないのは勝手すぎるだろう。こっちは言われ損じゃないか。

胸にモヤモヤとイライラだけ積もらせて、どうすればいいのかも分からないなんて、気持ち悪いにもほどがある。

「た……戦いに卑怯もクソもねーんだよ」

「戦いじゃないじゃん。ただの雑談じゃん」

「いいかガキ、戦士なら覚えとけ。いつでも戦いに備えた心構えをするのが戦士の基本なんだよ」

「今戦ってないし、ただの雑談で戦いに関する話題でもないよね？　ニグは年上のくせにマトモに会話もできないの？　人にイヤミとか言っちゃダメって神さまも言ってるのに、なんでそんなことを言ったのかって理由も教えてくれないの？　ズルいって卑怯って意味だけど、今のニグはズルくないの？」

「そういう頭でっかちの聞き分けないトコ、マジかわいげねーなお前！」

おかしいこと言ってるのニグだし。かわいいとか、少なくともニグとヒルティースには思われたくないし。

「なにやってんだよ、お前ら」

不意に割り込んできたそんな声に振り向くと、呆れ顔のウェインが棒を肩に担ぐようにして立っていた。その後ろには汗だくのヒルティースが胸を押さえて荒い息を吐いている。

ニグとの会話に気をとられて途中から観ていなかったけれど、どうやら特に見所なくウェインが勝ったらしい。

「まったく、観戦も訓練だって言ったろ。ちゃんと見とけよな」

たしかに言われていたし、参考にもなっていた。というか僕としてももうちょっと見たかった。

最後まで観戦できなかったのも、今叱られてるのも、話しかけてきたニグのせいだ。

「で、なに話してたんだよ？」

聞かれて、僕はニグを指さす。

「ニグが、僕のパーティがズルいって言ってきたんだよ」

「あん？　ああ、そりゃ男一人に女二人だしな。羨ましいんじゃねぇの？」

「そういうのじゃねぇよウェイン兄ぃ！」

ニグは大きな声で否定するけれど、そんなに必死だと逆に図星なんじゃないかって思ってしまう。

「そっかー……二人はどっちが好みなの？」

「ガキは黙ってろ！」

「本当、一回シメとこうかコイツ……」

顔をしかめるニグとヒルティース。でもそういう理由なら納得はできちゃうんだよね。

冒険者は女の人が少ない。僕はシェイアやチッカと会ったのが早かったし、パーティにリルエッタとユーネがいるから忘れてたけれど、冒険者って女の人は珍しいのだ。

そしてリルエッタとユーネがニグとヒルティースの好みのタイプなのだとしたら……たしかにそれは、ズルいと言われても納得してしまう。

うん、そういうことならまあ仕方ない。納得しちゃったからには、仕方ないって受け入れよう。

「つーか、お前らアレだろ？　ガキんちょは自分で読み書きできるってのに、さらに読み書きできる奴らをパーティに持っていったから僻んでるんだろ？」

……………………は？

「文字？」

ニグとヒルティースへ視線を向ける――その僕の顔を見て、二人はこう言った。

「今日イチ殴りてぇ」

「やっぱりシメよう」

「ちっと前まで店の受付に聞けば、実力に合った仕事まわしてくれてたんだよな」

ウェインの証言は、そこから始まった。

「けど最近、二人も店員が辞めちまってよ。人手不足になっちまったからしゃあねぇが、聞いても壁の依頼書から探せって言われるだけになっちまった」

やれやれと肩をすくめるウェイン。……そういえばこの凄腕の戦士と出会ったのも、依頼書の文字読みが縁だった。

「で、困ったのはコイツらみたいな読み書きできねー奴らだ。なにしろ依頼を請けようにも依頼内容が分からねぇ。通りの向こうに住んでる代書の婆さんに頼むって手もあるが、金かかるしな。仕方ねーから、いつでも請けられて内容の変わらない常設ばっかやるしかねぇワケだ」

ウェインもそれでネズミ狩り行ったよね……と喉まで出かかったけれど、なんとか黙る。

あぶない、もし言ってたら敵が三人になってしまうところだ。

「それでついこの前の話なんだが、こいつらも半年冒険者やってるしそろそろEランクに上がりたいなー、って思ったんだろうよ。ゴブリン退治っぽい依頼書を代書の婆さんトコ持ち込んで、読んでもらったらしい。ただ、それが村の近くに出たゴブリンを探して山狩りしろって内容でよ。町育ちのコイツらはひたすら歩いただけで、結局なんにもできず帰って来たんだ」

「山狩りかぁ……」

まだリルエッタとユーネに出会う前、ムジナ爺さんの仇討ちで山に入ったときは、チッカの追跡がすごかった。

僕でも足跡を見つければ追うことはできるだろう。周囲に気を配れ、薬草だけを探すな、危険は絶対に先に見つけろ……ムジナ爺さんに教わったことは一つも忘れず、今でもちゃんとやっている。足跡とかの痕跡を見逃さないようにすることは基本中の基本だ。

けれど、ニグとヒルティースははたしてそれができるだろうか――町育ちってことはリルエッタやユーネと同じってことだ。なら無理だと思う。

「それで学んだコイツらは、今度はまず文字が読める仲間と組むことにした。ただ最初に誘った相手があのマグナーンのお嬢様だろ？　年下の女に頭のデキを馬鹿にされるのが嫌だったんだろうな、文字が読めないこと隠して適当な理由で誘って……当然のごとくフラれたわけだ。これ、大部屋で寝起きしてる奴らならみんな知ってる馬鹿話だぜ」

ウェインが指さす先には、しゃがんで地面を見つめながら沈痛な表情をする二人の姿。

うん、だいたい経緯は分かった。

マグナーンっていう有力商家の子のリルエッタなら読み書きできるはず、って考えるのは当然だろう。けど理由を正直に言いたくなくて、マグナーンの支援が受けられるのを期待してる、みたいなことを口走ってすごい勢いで断られたんだ。

そして元から文字が読める僕がリルエッタとユーネとパーティを組んでるのを見て、ぐぬぬってなってたのか。

なるほど――彼らは性格が悪いと思っていたが、どうやら違ったらしい。

性格が悪くて馬鹿だった。

「そんなの正直に言ってれば、リルエッタだってあんな断り方しなかったと思うよ。……馬鹿にはされただろうけど」

「それが嫌なんだよ格好悪いだろ！」

「パーティを組む最初のタイミングで年下に舐められるとか、地獄だろ……？」

ダメだこの二人。たぶんこの先もずっと二人組だ。

「とにかく！　テメェはズルいんだよ！　ガキのクセに読み書きできて、しかも文字が読める仲間とばっか組みやがって！」

「僕と組まなくても、あの二人はニグとヒルティースと組んでないよ」

「そういうことじゃなく割り振りの問題だ。文字が読めない冒険者が他にどれだけいると思ってる？」

「知らないよそんなの。なにもかも僕のせいじゃない」

本当にそんなの知らない。知ったことでもない。厩暮らしにそんな気遣いを求めないでほしい。

というかコレもしかしなくても、二人がこの訓練に参加したいって言ってきたのって僕への当てつけじゃないか。わざとイラッてする戦い方してくるのもそれだ。

本当になんなんだろう。悪くないよね僕。

「クッソ、覚えとけよガキ！　絶対にお前らには負けねー！　先にEランクになるのはこっちだからな！」

ああ、そっか。それもあるのかー。僕らに先にEランクへ行かれたくないんだこの二人。

すごくどうでもいい。

なんて器が小さいんだ。

「…………壁の依頼書の一番右にあった、今日貼られたばかりの新しいやつ。山小屋に棲み着いたゴブリン数匹の討伐だって」

明日の仕事に関係なさそうなものでも、壁に貼られた依頼書は全部読んでいる。それがムジナ爺さんの教えだ。

危険な敵がいそうな場所を覚えておけば、近寄らずにすむから。

「場所まで分かってればできるでしょ。他の人にとられる前に請けてきたら？」

ニグとヒルティースは驚いた顔をして、一度二人で顔を見合わせた。

そうして、バッとこちらに振り向く。

「「友よっ！」」

「なってない」

抱きつこうとしてきた二人の顔を、グーにした僕の左右の手が迎え撃った。

今日は、ダメだった気がする。

お家の聖印に祈りながら、むぅー、と眉間にシワが寄るのを自覚した。

代々神官の家系であるこの家には、小さいながらも祭壇がある。像はないけれど、聖印ならば大地母神アーマナを中心として戦神ワグンダル、天候神モーハテッゼ＝アウス、巡り会いの神ヨムウ、運命の女神ヤルフザーグの四大神も揃っていた。

普通の家なら祭壇などないか、あっても聖印はアーマナ神のものだけだろうから、これもそこそこは立派なものだろう。とはいえ神官の家に置かれたものとしては非常にささやかなものだと思うし、もちろん教会の礼拝堂とは比ぶべくもない。

それでも自分はこの祭壇が好きだった。小さなころ、それこそ修道院に入る前などは、教会の祭壇よりこちらに祈る方が神様たちが身近にいる気がしたものだ。

そんな幼少のころと同じように、両膝をつき胸の前で手を組んで目を閉じて、アーマナ神に問いかける。

――今日の自分ははたして、アーマナ神の神官として恥ずかしくない行いをしていたでしょうか。

扉を開ける役を買って出たのに、亡霊ではなく生きている人がいるかもしれないと分かったら怖くなって、その役を忘れてしまったのはいけなかった。そして年下であるキリ君の背中に隠れて探索していたのも情けなかったし、最後はホウキとシーツのオバケに驚いて逃げ出したのもいけなかっただろう。その後に屋敷を見回ったのだって、ほとんど二人について回っていただけであまり役立てなかった。

ダメですなんの言い訳もできません。

「今日のお仕事、ユーネ向けの仕事でしたのにー……」

昨日はお嬢様が探査の魔術で活躍した。キリ君は薬草採取が得意だ。だから自分だけまだ役に立てていないからと、今日は張り切ってあの依頼を推したのだ。

そうだ、あの依頼は自分が選んだのだった。昨日キリ君がちょっと嫌そうにしていたことも気づいていたけれど、神聖魔術を披露する機会だと思ったからちょっと強引に決めた。

なのにあの有様だ。

「いやー、でもー、亡霊さん、いませんでしたからねー」

神聖魔術は身を守る術などもあるけれど、基本的には対不死族用だ。つまり不死族が出てこなければ役に立たないのは当然なわけで、そして誰も怪我しなかったら治癒魔術の出番もないから、自分が活躍できなかったのは仕方ない。

そもそも、自分が役立つときは敵が出たときだけなのだ。だったら活躍の場なんかない方がいいに決まっていて――

「――……まあでもー、情けない振る舞いをしてしまったのは、反省ですかー」

神々の聖印の前で言い訳を重ねるなんて、さすがに神官見習いとしてはできない。しょぼんとして、せめて神官らしく怖いのを我慢して堂々とするべきだったなと反省する。

「明日は頑張りますねー……」

幼いころから馴染んだ祭壇へ、約束のように祈った。

第四章

高潔な、中身のない虚像

I cheated my age because the Adventurer's Guild only allowed entry from twelve.

まだ暗い内に目が覚めて、大きく伸びをする。窓から空を覗けばうっすらと白んできているころだった。どうやら早く起きすぎたらしい。

昨夜はいつもより早く眠った。明日……つまり今日からゴブリン討伐へ向かうニグとヒルティースをしごいてやると、ウェインが僕だけ先に休ませてくれたためだ。おかげでこんなに早く起きたのに、いつもより目覚めがいい気がした。

これなら今日は昨日のように、眠気に負けて依頼選びを疎かになんかしないだろう。

「あれ？」

リルエッタとユーネが来るまでまだ時間はあるけれど、二度寝するには目が覚めすぎていたし、また起きられるかも不安だ。だからいつものように身支度して馬房を出たのだけれど、ふと隣を見たら馬房にメルセティノの姿がなかった。

脱走か？　と思ったけれど、どうも違うようだ。馬房はしっかりと閉じられていたし、門もしっかりかけてある。

昨夜はちゃんといたから、誰かが連れ出したのだろう。それくらいは分かったし……その相手に心当たりがあって、少しだけ早足で厩を出る。視線を巡らせれば、少し離れた場所にその人はいた。

「おはようございます、ペリドットさん」

「やあ、おはようキリネ君。良い朝だね！」

挨拶するといつものようにキラキラとした笑顔が返ってくる。どうやら鞍や手綱などの馬具を付けているようで、ペリドットが優しく撫でるとメルセティノは気持ちよさそうに目を閉じた。

それを見て逡巡する。あまり言いたくはない。けれど言わなければいけない。

「また負けました」

「そうか」

昨日、次は勝つなんて大言を吐いたのに、結局ニグにもヒルティースにも勝てなかった僕へ、ペリドットはそう頷く。

ちょっと拍子抜けしてしまった。宣言したからには結果を伝えなければいけないのではと、意を決して言ったのにずいぶんあっさりだ。僕は約束を破ってしまったというのに。

「でも、次は勝つんだろう？」

それもあっさりだった。あっさりすぎて、まるで朝食のメニューをなんにするか聞くようだ。

僕は考える。どうだろう。勝てるだろうか。初日と違い、昨日のあの二人の隙はずいぶん減っていた気がする。昨日使った作戦はもう対策されるだろうし、元から体格、技術、経験と何一つ上回るところがない。それなのに勝つことは、はたして可能なのだろうか。

——いいや。

「はい」

僕は頷く。

勝てる見込みなんてなかった。作戦も思い浮かばない。算段はなんにも立っていない。

でも、あの二人に勝てないだなんて認めたくなかったから。

「フフン、いい返事だ。期待しているよ」

ペリドットはキラキラ爽やかに笑む。その笑顔はきっと本心で、裏表なんか一個もなくて、僕はさっきの言葉に少しだけ後悔する。

そうか。期待されちゃったなら、頑張らなければいけないんだ。

「朝、早いんですね」

空は白んでいるだけで、まだ日の出前だ。この人はたぶんここの宿には泊まっていないだろうから、きっと真っ暗な内に起き出して店へ来たのだろう。

歳も外見も性格も、なにもかも全然違うのに、なぜかムジナ爺さんを思い出す。あの人も誰よりも朝早くから起きていて、厨房がまだやってないからと調理しなくても食べられる生野菜を囓っていた。

「フフン、早寝早起きは得意なんだよ。夜更かしして寝坊するよりは、早起きしてメルセティノと一駆けする方が有意義だしね」

　ということは、これからどこかへ出かけるのだろうか。ここまで早い時間に起き出してきたなら、もしかしたら町の外まで行って軽く走るくらいするのかもしれない。

「本当に馬が好きなんですね」

「まあね。けれど好きなだけじゃないサ。仲間だからね」

　彼は付けた手綱を確かめてから、置いてあった鞍を持ち上げて馬の背に載せる。手際よく固定しだす。

　なにか手伝った方がいいかなと思ったけれど、やり方が分からなかったのでやめておいた。村にはもっと小さい馬ならいたけれど、こんなに立派な馬具はなかった。

「メルセティノは大人しいだろう？　本当はね、冒険に連れて行くには気が強い馬がいいんだよ。乗ったまま魔物と戦うどころか、突っ込んでいって文字通り蹴散らしてやることもあるからね」

　そう言われてみれば、この芦毛のお隣さんは騒がしくしているところなんて見たことがなかった。前にヒシク草を食べられちゃったことはあったけれど、それだって隣の馬房から首を伸ばせば届く位置に干した僕が悪いのだし、イタズラもそれくらい。普段はすごく大人しい馬だと思う。

「馬にもいろいろあってね。知らない人が見に来ると人懐っこく寄ってきたりとか、逆に人見知りして逃げちゃったりとか、なんだコイツって威嚇してきたりとか。メルセティノの牧場にいた群のボスは身体が大きくて噛みついてくるくらい気性が荒くて、手はかかりそうだったけれどいい戦馬になりそうだったよ」

「白馬じゃなかったからその馬を買わなかったんですか？」

「それもあるけれどね」

鞍を留め具で固定しながら、ペリドットは懐かしそうに笑う。

たしか、芦毛は歳を経ると白馬になる、だったっけ。白馬がいなかったから芦毛のメルセティノを選んだのだと思ったけれど、別の理由もあるらしい。

「ぼくが馬を買いに見に行ったときにね、メルセティノは群から離れて、ずっと柵の外を見ていたんだ。他にお客が来ても特に気にしたふうもなく、ただ遠くを眺めるように」

どうやらこの馬が図太いのは昔からだったらしい。

「他の馬が近くを競争していても、群のボスが近づいても動じない。なんだか不思議な馬だなと思って少し見ていたんだけれど、ぼくはすぐにその理由に気づいたよ」

東の空は少しずつ明るくなってきていたけれど、空のほとんどはまだ暗いままで、西は夜の濃い群青が支配している。

「ああ、コイツは退屈なんだな、とね」

夜明けの薄明かりに浮かぶ青年の笑顔は、まるでこの美しい空色のようで。

「納得したら、いつの間にか代金を支払っていたよ。――仲間にするなら柵の中で群のボスを気取る者より、柵の外の世界に恋い焦がれる者がよかった」

分かる気がする。

乗って戦うだけなら、気が強い馬の方が活躍するかもしれない。けれど一緒に冒険へ向かいたいのはきっと、共に楽しんでくれる相手……――

「冒険は楽しいかい？」

聞かれて、思考が止まる。そしてその思考がまた回り出す前に、ペリドットは笑った。

「フフン、君はメルセティノに少し似ているね」

鞍を付け終わり手綱を引けば、メルセティノは嬉しそうに歩き出す。馬に似ているって言われても微妙だけれど、この人は褒め言葉で言っているのだろう。

「けれど気をつけたまえ。冒険に危険はつきものだ。楽しさに魅入られると、命が疎かになるよ」


朝、新しく貼り出された依頼を確認して、三人でどの依頼を請けるか意見を出し合う。

昨日はあまりに眠すぎて任せてしまったけれど、やっぱりアレはよくない。しっかりと依頼の内容を把握するために、また怖い依頼にならないために、そして自分たちに一番相応しい依頼がなにかを考え提案するために、今日は僕もちゃんと参加した。

そして、割れた。

「布の染色に使う木の実の採取」

「迷子になった猫探し」

「陸戦用新兵器開発の助手役」

よし混沌としたね。最後のなんだアレ。

「キリのそれは薬草採取みたいなものでしょう？　出来高だから十分な額を稼ぐのは難しくないかしら」

「ですねー。採取依頼が悪いわけではないですけど、ちゃんと三人で稼げるものでないとー」

リルエッタとユーネが僕の選んだ依頼を見て眉をひそめる。……まあたしかに採取だけれど、これはいつもの薬草採取とは違うのだ。

「採取だって高価なものを狙うか、カゴをいっぱいにすれば稼げるよ。そしてこの木の実は採取できる場所が書いてある。……つまり、まとまって採れる場所が分かってるから探す必要がないんだ。行って、カゴいっぱいにして帰ってくるだけ。マナ溜まりの薬草みたいに高値はつかないけれど、それでも普通の薬草採取よりは稼げると思う」

採取の仕事が好きなのもあるけれど、この依頼が良さそうだと思ったのは本当だ。

幸いにしてカゴは三人とも持っているのだし、稼げそうなら採取依頼を避ける理由なんてないのではないか。

「というか、ユーネが選んだ猫探しの方が稼げないと思うけど」

「そうね。猫探しってそもそも冒険者っぽくないし」

僕がユーネの依頼について指摘すると、リルエッタも頷く。

「でもユーネはこのパーティ、探し物が得意なんじゃないかと思うんですよぅ。お嬢様の魔術にキリ君の目が合わされば、大抵のものは探せるじゃないですかぁ。だったら得意な分野に力を入れていく方向性もあるかとー」

「貴女は猫が好きなだけでしょう？」

フワフワ髪の少女は真面目な表情で選んだ理由を説明したけど、リルエッタはバッサリと切り捨てた。そうか、ユーネは猫が好きかー。

「それに、探査の魔術で猫を探すのは難しいわ。色とか性別で絞り込むにしろ、似たような猫がいたら反応してしまうし……それに猫ってじっとしていないでしょう？　探査して向かったけれど移動されてていなかった、って展開を繰り返せば、最悪わたしの魔力が枯渇しても見つけられない可能性はあるのではないかしら」

猫を探すだけなら問題ないけれど、依頼された猫だけを探すのは難しいのか。しかも大まかな方向しか分からないから、動くものが相手だと苦労すると。

探査の術が便利なのは間違いないけれど、あまり使い勝手がいいわけではないらしい。……ユーネの言葉には頷ける部分もあったし、迷子の猫はかわいそうだから請けてもいいかと思ってたけれど、それだとちょっと難しいか。

僕も正直、道すらまだ全然分からない町中で猫を探す自信はないし。

「でも、お嬢様の選んだ依頼よりは分かりやすいと思いますよぅ」

「たしかに。リルエッタのそれはなに？」

チェリーレッドの髪の少女が選んだ依頼書は、他の依頼とは明らかに毛色が違う。冒険者って本当になんでもやるんだなぁ、と思ってしまうような内容だ。

「大型の車輪に火属性の魔石を内蔵し、回転および起爆の魔術陣を描くことで、敵陣まで自走して爆発する陸戦用兵器を開発中。魔力が扱える魔術士と雑用の人員に試作品の実験を手伝ってもらいたい、とあるわ。円形である車輪と魔術陣との相性に目をつけたこの発明家、なかなか聡明だと思わない？」

要魔術士と書いてあるし、実験場所も町を出てすぐの草原だから危険も少なそうだ。そういう意味なら一番僕ら向けの依頼と言えるだろう。

けどなんか嫌な予感がする。すごく嫌な予感がするんだこの依頼……。

「それに認めたくはないのだけれど、わたしたちの弱点はやっぱり戦闘力よ。だけどこの新兵器がもし冒険者の戦闘にも応用できる品物だったとしたら、わたしたちにとって心強い武器になる可能性があると思うのよ」

リルエッタの言葉には、ちょっと感動してしまった。彼女はちゃんと僕たちパーティがどうしたら良くなるのか考えているのだな、と。

たしかに嫌な予感は拭えないけれど、たとえばこの依頼の新兵器というやつを小型化して持ち運べたら強い気がする……するかな？　火の魔石って高いよね。もし冒険者用の武器になっても僕ら使えないのでは。

というか、火の魔石使ってるアイテムだったら、普通に投げて使うやつを武具屋で見た気がする。矢に付けるものもあったんじゃないかな。やっぱりすごく高かったけれど。

「この商品がもしいいモノだったら、マグナーンが出資する手もありますからねー。商機にはなるかもですがー」

ユーネがそんなことを言って、僕はリルエッタへと視線を向ける。

彼女は目を逸らした。

「わ……わたしは冒険者であると同時にマグナーンだもの。商家の子が家の利益を考えるのは当然じゃない」

「まあ、悪いことではないけれどさ……」

そもそも彼女、マグナーン商会に紹介できそうな冒険者や商機になりそうな情報目当てで冒険者になったらしいから、こういう依頼は積極的に請けたいんだろう。……ただこの開発依頼、海塩ギルドとはまったく関係なさそうな内容だったけれどいいのかな。まあそれは僕が考えることじゃないか。

むう、難しい。

堅実に行くなら僕の選んだ採取依頼だと思う。けど、ユーネの選んだ依頼は人助け……猫助けで、町中だし危険な戦闘の可能性はなさそうだ。そしてリルエッタの選んだ依頼は、彼女の目的を考えれば請けてあげたい。

さて、どれにすべきか……――そう悩んで、こうやって悩めるのは文字が読めるおかげなんだなぁ、と昨夜のことを思い出した。

ニグとヒルティースは今頃、依頼のあった村への道中だろうか。二人は昨夜、あの後すぐに壁の依頼書を剥がして受付へ持っていったけれど、今朝になって貼り出された新しい依頼はきっと確認していないだろう。ゴブリン関係の依頼もあったし、もし二人が文字を読めたら悩んでいたかもしれない。

「おい、お前ら」

依頼書の壁の前で悩んでいると、声をかけてくる人がいた。視線を向けると冒険者の店の店主であるバルクが立っていて、僕ら三人を睨むように見下ろしている。

「あ、ごめん。すぐどきます。二人とも、ここは邪魔だからあっちで話そう」

「……ええ、そうね。失礼しました。ここで相談してると他の人にも迷惑かけるわ」

「以後気をつけますー」

また新しい依頼書を貼りに来たのだろうと思って、僕たちは三人一緒に脇にどく。

依頼内容はちゃんと相談して決めなければならないけれど、話し合う場所は考えなければならない。今日みたいに意見が割れたときはなおさらだ。

「違う。用があるのはお前らだ」

けれどバルクはそう言って僕らを引き留める。その声音が普段よりも重くって、もう一度彼の顔を見るとすごく真剣だった。

「そこの治癒術士。怪我の治療はできるな？」

「あ……はい。簡単な治癒魔術でしたら使えますがー」

「間違いないな？」

質問されたユーネが答えると、バルクはリルエッタに確認を求めた。

「間違いないわよ。なに？　ユーネを疑ってるの？」

「仲間を探すために嘘を吐く奴もいるからな。一応だ」

「そんなのとわたしたちを一緒にしないで」

僕も話には聞いたことがある。そんなのすぐにバレると思うけれど、それでもいいと考える人はいるらしい。

冒険者の店の主としては、前例がある以上は疑わなければいけないのだろう。だからこれはユーネが信用されていないのではなく、バルクが仕事に真摯なだけだと思う。

「本当だよ。僕が怪我したときもユーネが治してくれたし」

僕は自分の額を……額に巻いている鉢金の、切れ込みのような跡を指さす。

以前ゴブリンの短剣を受けたとき、僕は鉢金の布地では止まらない量の血が流れる怪我をして倒れた。けれど目が覚めたときには、ユーネが治癒魔術できれいに治してくれていたのだ。

彼女が嘘を吐いていないことは、この鉢金と傷跡のない僕の額が証明してくれている。……あと、リルエッタの靴擦れも治してたしね。

「そうか。そうだったな」

そのときの報告を思い出してくれたのか、バルクは僕の鉢金を見て何度か頷くと、改めて僕らの顔を順番に眺める。

そして。

「治癒術士がいるパーティへの指名依頼だ。魔物の群に襲われた漁船が南西の海岸に座礁した。依頼人はその漁船の船員。依頼内容は動けない怪我人二名の治療と救出」

僕たち三人は、一斉に息を呑む。

「今、この店にいる治癒術士は嬢ちゃんだけだ。行け」

治癒術士は、怪我や病気の治療、解毒などができる。

つまりユーネが活躍する仕事はいつも、なにかの事件が起こった後なのだ。

「こっちです！　こっち！」

依頼人は日焼けした浅黒い肌の少年だった。たぶん歳はユーネよりも若くて、十三か十二くらいだろうか。

漁業ギルドなんてものがあるのなら、きっと入りたての新人。顔つきはまだ幼くて、動きやすい服装から伸びる手足は細くって、声もまだ太くなってない。いかにもまだ未熟な船乗りって感じだ。

僕たち三人は彼に案内されて、漁船が座礁した南西の海岸へと向かっていた。

「……こういう仕事って、教会がやるんじゃないの？」

足早に急ぐ依頼人の少年を追いながら、リルエッタがぼやく。先頭の彼には聞こえないくらいの声量。

ぼやきたくなるのは僕にもちょっと分かった。緊急なのは分かっている。怪我人がいるのも分かっている。あのとき、ユーネしか治癒術士が店にいなかったのも分かっている。

けれど安全そうな依頼を選んでいた僕らが、魔物の群が出た場所へ向かっているのは……やっぱり納得がいかない。

「神殿は橋向こうですから、緊急なら冒険者の店の方が近いんですよぅ。……それに、町の外へ行ける治癒術士は少なくて」

そのユーネの言葉は、なんだか実感がこもっていた。

ヒリエンカの教会は町の東側にあるらしい。それなら、西側で起こった事件であれば冒険者の店の方が近い場合が多いだろう。そして治癒術士の技能では治療しかできないから、今回のように魔物がいる場所へ出られないのもしかたがない。

もしかしたらだけど……ユーネも教会関係者として、町の外に出ない治癒術士を経験しているのではないか。治療を頼まれても、危険な場所だから行けなかった――そんな経験をしたことがあったのではないか。

治癒術士は少なく、冒険者の治癒術士はもっと少ない。

冒険者になった治癒術士には、そして治癒術士がいるパーティには、こういう仕事が回ってくるのだ。

「あれです！」

街道から離れ、岩場の海岸を横目に少し進むと、ほどなく座礁した船が視界に入った。

波で削れてできた大きな岩影に隠れるよう、ちょうど街道からは見えない場所で動けなくなっているその船は……細長い船体の半分弱くらいが、岩場に高く乗り上げてしまっている。けれどそのおかげで、船底に酷い穴が空いていても沈まずに済んでいるようだ。

「まだ怪我人が乗ってます――けどぉ……」

船の上に要救助の二人を発見して、ユーネの声に焦りが宿る。その理由は僕にも分かった。

魔物の群が船を取り囲んでいる。

「青い体色のヒト型に魚の頭。サハギンよ！」

一目で正体を見破ったリルエッタが、その名を伝えてくれる。

彼女の言うとおり、そいつらはテラテラと光る青い色をしていた。それが光を反射する濡れた鱗だということは、すぐに分かった。

近づくにつれてその姿形がハッキリとしてくる。ヒト型ではあるけれど、あまりに異様。ひどい猫背から生えた尖った背びれがたてがみのように天へ向けられ、肩の部分がせり上がるようになって感情の見えない魚の頭部がついている。そして手には武器として十分使えそうな、先が三つ叉に分かれた銛。

ゾッとする。あれならゴブリンの醜悪な顔の方がまだ恐くない。ヒト型のくせに明らかに自分たちとは違う、暗くて怖ろしい海のイキモノ。どこを見ているかも分からない魚の目からは感情なんて読みとれず、ただ殺意しか伝わらなかった。

あれは、ただ本能で人を殺しにくる。――そんな確信めいた嫌な予感がする。

そんな不気味な魔物が、陸に五匹。そして海中にはさらに十匹近い数がいて、漁船を取り囲んでいるのだ。

「まずいわね。完全に包囲されてる」

リルエッタの声も焦っていた。さっきまでぼやいていたのが嘘に思えるくらい、真剣な目で状況を見据えている。

彼女だってこの依頼を請けること自体に反対したかったわけではない。ちゃんと緊急性も重要性も理解して請けて来ている。

ただこの仕事は、ぼやきたくなるくらい僕ら向きじゃないのだ。

「あれは、ユーネたちじゃ倒しきれませんよぅ……」

海面から顔の半分だけを出しているサハギンの群を見て、ユーネが絶望の声を出す。

たしかに多い。あの数を僕が相手にしようと思っても、たぶん魔術の時間稼ぎもできず一斉に銛で突かれて死ぬだけだろう。

「みんな、こっち！」

最悪の未来が簡単に予想できて、僕は大きな岩の陰に身を隠す。リルエッタとユーネはもちろん、依頼人の少年ですらなにも言わず従ってくれた。全員でまずは隠れる。

いきなり突っ込むことはできない。それは素人の目にすら明らかだ。

だから、まずは作戦を立てなければならない。

「なんであんな状況になったか聞かせてくれる？」

僕は依頼人の浅黒い少年に説明を求める。

まだサハギンたちはこちらに気づいていない。船員の二人も無事そうだ。依頼人が店まで往復するくらいの時間があっても、サハギンの群はまだ船を囲んでいるだけ。

現状を把握するくらいの時間はある……はずだ。

「サ……サハギンの群に漁の網を引っ張られたんです。普通に漁をしてただけだったのに、普段はそんなことないのに。それで、網は捨てたんだけど追いかけられて、逃げようとしたら操船を間違って岩場に乗り上げて……。そのときの衝撃で船長は足を挫いちゃって、もう一人は頭を強く打って気絶して……」

僕よりも年上だろう彼は動転しているのか、それとも普段からそんなしゃべり方なのか、僕に対しても敬語でそう話した。ちょっと居心地が悪かったけれどそこを指摘している暇はないので、気にしないことにして岩陰から船を見る。

細長い帆船。船は町に来て初めて見たから全然分からないけれど、三人で乗るだけなら十分すぎる大きさだ。漁船って言っていたから、漁の道具や獲った魚を積むために大きめなのだろう。

その船の上に、二人の中年の男がいた。立派な髭を蓄えた一人は足をかばいながらも銛でサハギンたちを牽制していて、もう一人の禿頭の男は頭を手でおさえてぐったりしている。

怪我をした二人が動けないから、無事だった少年が冒険者の店まで走ったってことだろうか。

まずいな、あんな大きな大人の人たちは抱えたりできない。

「……岩場へ派手に乗り上げたおかげで、甲板が地面からかなり高くなってるのが良かったわね。船縁のサハギン返しもあるから、サハギンたちは乗り込むのに苦労してる」

リルエッタが冷静に観察する。

かなり勢いよく突っ込んだのだろう。細長い船は半分弱が岩場に乗り上げていて、大岩に寄りかかり止まっている。その乗り上げた分通常より甲板が高くなってるのが不幸中の幸いだった。サハギンたちは船体を這い登らないと乗り込めないけど、船縁には出っ張るように板を打ち付けてあって登れないのだ。

サハギン返し。そんな名前が付くくらい、サハギンが船を襲う事件は多いのかもしれない。

「でも、あの船が寄りかかってる岩からなら乗り込めそうですよぅ……」

ユーネが指さす大岩はたしかに十分な高さがあって、実際に陸上に出ているサハギンの一匹が手をかけていた。……が、一向に登る気配はない。

「サハギンは海中では素早いけれど、陸上での動きは遅いわ。それに体表が乾くと水に戻らないといけないから、長く陸にはいられないのよ。遅い動きであの岩を登っても、跳び移るころには限界がきてしまうのではないかしら」

リルエッタの予想を裏付けるように、サハギンの一匹が岩場から身を落とすように海中へと潜った。すると代わりに、海から別の一匹が上がってくる。

なんだろう。タイミングからして気まぐれな行動ではないように思える。交替制で船から逃がさないようにしている……？

「乗り込めないんだったら、このまま放っておけば諦めたりしないかな？」

「ダメですよー！　足を挫いただけの船長さんはともかく、頭を打った人は早く治療しないとぉ」

「サハギンは攻撃的でしつこいわ」

いつもはフワフワおっとりしているユーネが必死に訴えてきて、リルエッタが知識で僕の期待を否定する。

たしかに怪我人は心配だし、サハギンが諦める保証もない。時間をかけるのはダメだ。

じゃあ、どうする。……——どうする。


「——と、いう子供なのさ、キリネ君は。すごいだろう?」

ハハハ、と芦毛の馬の手綱を引きながら歩くペリドットの明るい声が、森の中の荒れた旧道に響く。アイツの声はいつでも明るくて気取ってる感じがしてイラッとする。

「バッハッハ!　なるほどなるほど。ムジナの弟子がその性格とはな、ソイツは面白い子供じゃの!」

ゴツいハルバードを担いだ全身鎧のドワーフが、豊かな黒髭を揺らして豪快に笑う。こっちはやたら声がでかい。

「フフフフ、素晴らしいですねぇ。自身は厩暮らしなのに困っているから損を承知で助けた、なんて、フフフフフフフフフフ。子供の視点はいつだって驚きと共に初心を思い出させてくれます。無償の善意など神に仕える者ですら持つのは難しいもの。金銭や物品を目当てにせずとも、ありがとうと言われたい、自分が気分良くありたいなどと思うことすら不純と捉える一派からすれば、まさしく理想の在り方と言えるでしょう。ああ、ああ！　ですがそれを生まれたときから死するまで持ち続けられた者など、歴史上でも聖人として数えられる数名のみ。我ら神に仕える徒《と》ですら、不純な善を積み重ね続け己が内にて当たり前の行いにする、即ち純粋善という修行の果てに辿り着く境地を、幼子はいとも簡単に体現してみせる。おお、彼《か》の少年に幸福を。いずれその心に影差す日が来たりても、その魂の輝きは曇りませぬよう――」

神官服に身を包んだ痩せぎすの男が、上機嫌に空を仰ぎ神へ祈る。コイツにいたっては、もうなにを言ってるのかすら分からない。

暴れケルピーの尾びれ亭で最もランクが高い冒険者パーティ、海猫の旋風団の残り二人は、とにかくうるさかった。

「ほぉう、純粋善のう。なかなか面白い考え方じゃ。腐っても神官……と言いたいところじゃが、お主がそんなものに興味があるとは思えんが？」

「もちろんですとも。拙僧、そんなものには一切の興味がありません。善意を純粋だ不純だと区別するのは哲学の分野ですからね。神に仕える者であるならば行動をこそ尊ぶべきでしょう。善意ではなく善行。まずは人を救ってから、暇なときに暇な者が是非を存分に議論すればよろしい。ああもっとも、善意による行動の結果、より悪い方向に転んでしまう……ということも多いのでそこはちゃんと考えて動かなければなりませんがね。思慮無き行動はいつだって危険をはらむものですからフフフフフフ」

「そうかそうか、バッハッハ！」

全身鎧ドワーフの火竜酒のダルダンが短く茶化すと、痩せぎすの神聖術士である聖酒杯のコルクブリズはその何倍も口を回して応じ、そして二人して馬鹿みたいに笑い合う。

酒が好きすぎて酒蔵経営始めたけど大赤字になったから冒険で補填してます系重戦士と、酒が好きすぎて大事な式典の最中に飲んだくれてたらうっかり教会追い出されちゃった系神聖術士は、今日も今日とて絶好調のようだった。

「ウェイン……あれ、本当に素面《しらふ》？」

隣を歩くシェイアの表情は、もう帰りたい、だ。無口な女だが最近表情が読めるようになってきた。気持ちは分かる。奇遇なことに俺も同じ気持ちだ。二日間ペリドットの相手をしただけでも食傷気味なのに、さらにうるさい二人が加わったのだからそんな顔にもなるだろう。

「酒が入ったらもっとウゼぇぞ」

シェイアは遅くまで店にいるようになったのは最近のことだ。だからあの二人が酔っているところを知らなくても無理はないが、アイツらが酒を飲んでるところなんて珍しくもなんともない。毎日のように見る光景である。

奴らが飲んでると大抵は他の冒険者と騒ぎになり、その後は失神した冒険者の山ができて、あの二人はそれを肴に朝まで飲み明かすのだ。

最近は長期の仕事だったらしく店では見かけなかったが——思えば平和だったんだな。またあの地獄絵図が繰り広げられる日々に戻るのか。

「フフン、君たちならキリネ君のいいところを分かってくれると思っていたよ。そう、彼はいずれ英雄になるかもしれない男なのサ！」

自然溢れる光景にご機嫌な様子の芦毛の馬をなだめながら歩くペリドットが、まるで自分が褒められたかのようなドヤ顔で長髪をかき上げる。

正直自信はないが、コイツも酔ってはいないはずだ。下戸だし。

「そりゃあいい！　ムジナの弟子が未来の英雄様とはな。ならばいずれは酒を酌み交わさねばなるまいて！」

「フフフフフフフフ、楽しみですねぇ。その子が飲めるようになるのが楽しみでしかたありません。あと何年でしょうね？　生きる理由、生きる希望はいくつあってもいいものです。そうだ、いいことを考えましたよ。今日帰ったら良い酒を購入しましょう。そして彼が飲める歳になったら開けるのです。フフフフフフ、どんな瓶を買いましょうか。やはり飲み慣れない歳でしたら、口当たりの良い爽やかな香りのものが喜ばれるでしょうか？」

「バッハッハ！　期日までにうっかり飲んでしまわないよう我慢せねばな！」

コイツら飲むことしか考えてねぇ。

うんざりしながら、俺は最後尾を進む。

勘違い変人野郎ペリドット。ほとんど姿を見せない兎獣人テテニー。酒カスのダルダンにコルクブリズ。

よくこんなはみ出し者だけでパーティを組んだものである。これで腕が悪かったら、さすがのバルクでも店から追い出しているのではないか。

「ペリ。そろそろチビが教えてくれた場所だよ」

一番前を進んでいたチッカが、今まで聞いたことのないような低くて静かな声で告げてくる。あれはマズいな。爆発寸前だ。

「そのようだね。みんな、ここからは静かに行こう」

ペリドットがそう全員に向けて言うと、ダルダンとコルクブリズは頷きだけで返事をし、口を閉じる。……ムカつくほどに切り替えが早い。なんだかんだで一流の証拠だが、それが分かってもマジで腹立ってくるな。静かにできるなら普段から静かにしろ。

「……なぜ静かにする必要があるの？」

静かになったからこそ、淡々としたシェイアの質問はよく通った。

――そういえば。静かになるのはありがたいから深く考えなかったが、今のペリドットの指示は変である。

ペリドットが探しているのは薬草だ。歩いて逃げたりはしない。騒がしく行こうが静かに行こうが、なにも変わらないはず。それなら静かに行こうとわざわざ言う必要はない。

森の魔物を警戒するというなら別だが、ここはムジナ爺さんが採取に来ていた場所なのだから比較的安全な区域で間違いない。このパーティが遅れを取るような魔物など出てこないだろう。

「いい質問だね。歩きながら話そうか」

ペリドットはウィンクして、旧道の先を指さす。……今のをいい質問と言ったからには、ちゃんと静かにする必要があるということだろう。

彼が指さす場所には旧道を逸れ森の中へ入っていく獣道があって、その先にはきっと——酷くロクでもないモノが待ち構えているという予感がした。

「フフン。実はぼくたち海猫の旋風団は、つい最近まで長期の仕事をやっていたんだよ」

ペリドットの説明は、そこから始まった。……実はもなにも、こんな目立つ奴らがしばらくいなかったら誰だって気づくが。

「まあ、その仕事はこの町の裏組織同士でいざこざがどうのという、なんの面白味もないつまらない内容だったんだけれどね。西の裏組織のトップと東の裏組織のトップが船賭場でなにかやらかすらしいから見て来てほしい、ヤバそうなら邪魔してほしいっていうフワフワした内容サ。まったく、領主のギルドクエストなんか請けるもんじゃないよね」

「さらっとヤベー案件やってんな」

話の区切りくらいまでは静かに聞いてやろうと思ってたのに、内容に口調がそぐわなすぎていきなりツッコミを入れてしまう。コイツらそんなんやってたのか。

「いや実際、大した仕事じゃなかったサ。ゴブリン討伐の方がまだやる気になるよ。場所が船賭場だったから、成り上がりの賭博好きな冒険者として振る舞って、上客として認められたら後は簡単だ。適当に情報収集して、適当に暴れて、まとめて衛兵に突き出してやったよ」

「見て来てほしいって依頼じゃなかったか？」

「相手はどうせ悪人なんだ。真面目に相手してやるのは時間の無駄だろう？」

ヤレヤレ、と肩をすくめるペリドット。そこにはなんの悪気もなくて、見ていて清々しいほどだ。

そうか、つまりこれはバルクの人選ミスだな。領主の仕事だっていうしもしかしたら指名依頼だったかもしれないが、どちらにしろ人選ミスなのは間違いない。

コイツらにそんな難しそうなことやらすな。

「それでその仕事は片付いたんだけれどね」

「片付いたのかよ……」

「実はその依頼の途中で、ちょっと気になるモノを見つけてしまったんだ。それがどうしても見過ごせなくて、こうして森の中を歩いているってわけサ」

「気になるモノ？」

いい質問とやらをしたのはシェイアだが、気づけば俺がペリドットの話し相手になっていた。面倒くさがりで無口な女魔術士は、もはや相槌すら打っていない。

しまったな、嫌な役になってしまった。コイツの相手はとにかく疲れる。

「ペリ。ナクトゥルスを見つけたよ。どうするんだ？」

「えっ！」

唐突にチッカの声がして、ペリドットは弾かれたように顔を上げる。

前方のハーフリングが指さしている地面には、赤い花を咲かせる薬草が見えた。

小さな花弁が棒状に連なる特徴的な形で、南の国で見た植物に少し似ているそれは、珍しいとは思うがやはり自分には価値が分からない。けっこう高値の薬草らしいが、一本でどれくらいの値段なのだろうか。

「おお！　ナクトゥルスの薬草、しかも咲いているなんて！　こんなに綺麗な花を咲かせるんだね！」

馬の手綱すら放り出して薬草に駆けよったペリドットは、地面に膝をついて少年のように歓喜の声を上げた。

……そういえばコイツ、ソロのときもナクトゥルスは見つけられなかった、とか言っていたな。薬草を見たかったのは本当だったか。物好きなことだ。

改めて周囲を見回してみれば、同じような赤い花はチラホラとあった。かなり珍しいと聞いたが、どうやらこの辺りにはけっこう生えているらしい。

「ほほう、見事な花じゃのう。少し小さいが、酒に浮かべると映えそうじゃ」

「いいですねぇ。酒に花を浮かべると見目も良くなり香りも楽しめます。この花の香りなら果実酒よりも麦の蒸留酒によく合うのではないでしょうか。いやあ試したくなりますねぇフフフフフフ。使うのが根であるなら、キリネ君に譲るにしても花はいくつか拝借していいのでは？」

「フフン。君たちはいつもぼくにはない見解を言ってくれるね。……薬草といっても魔術用だから毒だよ。悪いことは言わないからやめておきたまえ」

酒カスの二人も膝をついて覗き込んで、男が三人で肩を寄せて花を囲む絵面ができあがる。ちょっと異様だな。チッカなんかドン引きして距離とってるし。

ただ、小さな花に群がって笑いながら話し合うその光景は……なんというかこのパーティ、たぶん気が合うんだろうなとは思った。

「うん、うん……たぶんいい大きさなんじゃないかな？　ぼくも初めて見るからよく分からないけれど。帰ったらキリネ君に教えてあげよう。……ああメルセティノ。この薬草は食べないように。本当に毒だからね」

薬草をひとしきり観察して、鼻先を近づけてきた馬を押しとどめて、ペリドットは立ち上がった。

もちろん採取はしていない。見ただけだ。

そして彼が立ち上がるのを待っていたかのように、チュン、チュンチュン、という音がした。

小鳥の鳴き声。ただ、少し不自然な音だった。なんというか……聴き易すぎる。

「鳥笛だね。ウサギの合図?」

耳のいいチッカがそう看破すると、海猫の旋風団リーダーはニコニコと笑って頷いた。

「どうやら当たりのようだね。このまま奥に進もう。いやあ、良かった良かった。実はちょっと心配だったんだよ」

薬草が見つかったからか、それとも鳥笛の合図があったからか、ペリドットはさらに上機嫌で歩き出す。もはや当初の目的であったナクトゥルスには見向きもせずに。

俺でも分かる……どうやら、ここからが本題らしい。この奥になにかがあるのだ。

少なくともこの変人は、それを確信している。

「……さっきの話。気になるモノってなに?」

会話に参加していなくとも話はちゃんと聞いていたのだろう。……そして、そのあんまりな内容に少なからず興味を引かれてしまっているのだろう。

中断していた話の続きを促すシェイアの声は、分かりやすくイライラしていた。

「そうそう、その話だよ」

もはや獣道すら外れて森の中を行くペリドットは、ウンウンと頷いて話を再開する。

右手に槍を持ち、左手で馬の手綱を引いているにもかかわらず、下生えの草で覆い隠された悪路を行くその足取りは微塵も揺るがない。

「船賭場は名目上、漁船として登録されていてね。まあちょっと沖へ出て戻ってくるだけだから、商船として登録されていないのは当然なんだけれど――そのおかげで、積荷の査閲がされないんだよ」

聞きたくなくなってきた。

「実はぼくたち、さっき言ってた仕事の情報収集をしてる最中になんだか嫌な感じのする積荷を見つけちゃってね。船賭場なんてどうせ裏組織の管轄だろう？　西か東か、あるいは第三の組織だったのかは知らないけれど、ろくでもないことやってるんだろうなあって。で、こっそり見ていたら沖合の無人島に運び込んでいるじゃないか。ああそうか、あの荷物はあそこに隠しておいて、後で町を出ていく商船が回収するんだな、乗客はみな賭け事に夢中で気づかないもんなぁってね」

シェイアもチッカも、頭痛がするのか頭を押さえている。俺も同じように額を押さえた。

なにが薬草探索だよ。

「つまり密輸だね。もちろんその後、ぼくたちは無人島に赴いて荷の中身を確認し、すべて海へ投げ込んだわけだけれど……ああ、見つけた。アレだよ、その荷の正体」

ペリドットが藪の陰に膝を突いて隠れる。ダルダンとコルクブリズも素早く木陰へ身を隠し、馬ですら地面に伏せた。

俺たちも身を低くし、藪の隙間から覗く。

森を切り拓いたかのように、広い畑があった。

畑には見たことのない、背が高くて毒々しい色の草が規則正しく並んでいた。

ボロを着た線の細い子供が十人くらいいて、畑で収穫の作業をしていた。

思い思いの武器を持った人相の悪い男が十五人ほど、畑の周囲を囲むように子供たちを監視していた。

畑の横には粗末だが丸太小屋なんかもあって、中にも何人かいるようだった。

「無人島で見つけた不思議な木箱を開けると、中身はとある特殊な薬草から造られる、とっても怪しい白い粉でした、ってね。密輸――輸出しているのだから製造元があるだろうと思っていたけれど、本当に見つかるとはねぇ」

……薬草探索じゃねぇかよ。

「胸クソ悪い話じゃの。あんな代物、使った者の身を滅ぼすだけじゃろうに」

「ええ。ええ。本当に得られる快楽は一時のもの。使い続ければ身体はボロボロになり、心は次第に病んでいき、けれども依存症でやめることもできなくなります。行き着く先は犯罪者か廃人か。まさしく悪魔の薬と言えるでしょう。神に仕える者として、それを造り売りさばくような輩は許せません。断じて裁きを下さなければ、拙僧は二度と神の信徒を名乗ることまかりならぬでしょう」

酒カスどもが言うと説得力あるなぁ、オイ。

「本当はね、もし町の近くで製造しているのなら、ムジナ翁がなにか知っているかもと期待していたんだ。町周辺の危険度の低い場所だったら、彼が知らないことなんて一つもないからね。……けれど、彼はぼくらが不在の間に亡くなっていた」

「それでガキんちょに話を聞いたのかよ」

なにかヒントがないかと思ってね。とはいえ子供にこんな話をするわけにいかないから、けっこう気を遣ったよ。で、そしたら採取時期なんて関係ないナクトゥルスについて、ムジナ翁は警告ともとれるような発言をしているだろう？　そして見て分かる通り、くだんの怪しい薬草は今がちょうど収穫時期だ。フフン、ぼくは一発でピンときたのだよ」

フフン、フフン、とドヤ顔をするペリドット。ウゼぇ。とりあえずウゼぇ。

つまり……ムジナ爺さんは、この時期のこの場所は危ない、と知っていたわけだ。過去にあの人相の悪い男たちと鉢合わせでもしたのか、森の中に向かって行く足跡でも見たか、それとも長年の勘で森の異常を察知したのか――とにかくこの時期、爺さんはこの森には立ち寄らないようにしていたのだろう。

「一つ……いや、二つ聞きたいことがある」

「なんだい？」

「ムジナ爺さんはこの畑のことを知っていたと思うか？」

「まさか。ムジナ翁は危険な場所に近寄らなかったし、知ってたらマスター・バルクに報告してるサ」

だろうな。

ムジナ爺さんらしい話だ。間違いなく気にはなっただろうに、危険と判断したら絶対に先へ進まない。あの歳まで現役の冒険者をやれたのはその慎重さがあったからこそだろう。

俺は今は亡き老冒険者に想いを馳せ、そして目の前のいけ好かないペリ野郎へと意識を戻す。


「で、テメェはなんでこのことを俺らに隠してた？」

「そんなの、予想が外れてたら恥ずかしいからに決まってるだろう？」


そんなトコだけ一般人のフリしてんじゃねぇよ。

「だって推測に推測を重ねて、手がかりとも言えない違和感を信じて勘で探し回ってたんだよ？　見つかると思う方がどうかしていないかい？」

「とっくにどうかしてる奴がそんなん気にすんなボケ」

イライラはとっくに限界で、腹の虫はこのスカした長髪野郎を殴らなければ収まりそうにもなかったが、さすがにこの状況でそんなことはやってられない。今は我慢しておくしかない。

……とりあえず、いずれコイツとは決着をつけよう。マジで。

「あの子供たちはなんだろうね。というかなんでアイツら、子供だけ働かせてるのさ」

「たぶん奴隷。あの植物は毒。汁が目に入ると失明するし、葉で指を切れば二日は寝込む。子供だと、最悪死ぬかも」

「よし、どう殺そっか」

藪の隙間から畑を覗くチッカとシェイアの目が、どんどん物騒になっていく。殺すな。

「フフン。キリネ君が奴隷商に売られていたら、もしかしたら彼らに買われていたかもだ。旧道の先に小さな廃村があるって話だし、普段はそこで危険な薬品精製の手伝いなんかもやらされているのかもしれない。そう考えると彼は本当に幸運だったよ。やはりキリネ君の器は本物だね。運の良さは英雄にとって欠かせない資質サ」

火に油を注ぐな。

「ただね、やる気なのはいいけれどあの悪者顔の彼らのことはちゃんと捕縛して、衛兵に突き出してあげようじゃないか。ぼくはこの件、できれば小さな疵一つ無く完璧に終わらせたいんだ。――頼むよ」

ペリドットは……明るい緑の長髪の、カッコつけの変人のクセにやたら腕だけはいいその男は、頼むよ、とその言葉だけは静かに真剣に口にした。

けれどそれは本当にその一言だけで、彼はまたいつものように、フフンと笑う。

「この場所にはムジナ翁が遺した言葉によって辿り着けたんだ。だったらこの件はもう、ムジナ翁の手柄と言っていいと思わないかい？」

…………ああ。仲良かったもんな、お前ら。

最初は、もしムジナ爺さんが知っていたら行こう、くらいだったのではないか。けれどムジナ爺さんは死んでいて、代わりにガキんちょが気になる情報を持っていて。

どうしても、この件を自らの手で終わらせたくなったのだ。完璧に。それこそ、小さな疵一つ無く。

「この件、領主に一番の功労者はムジナ翁だと伝えよう。吟遊詩人に詩を作らせて、ぼくらは酒の席でいつまでも語り継ごうじゃないか。バルクにこの臨時パーティのリーダーは彼だと報告しよう。我らが大先輩の、偉大なる同胞の、最後の手柄をね。どうだい、なかなかいい考えだろう？」

ペリドットの提案はあまりにも馬鹿馬鹿しくて、

「ムジナはそんなの望まない」

「というか爺ちゃん、嫌がりそうじゃない？」

シェイアとチッカはやれやれとため息をついて、

「なら、なおさらやらんとな」

「当然でしょうねぇ。彼にはいつも酒を奢らされてましたし、このくらいの嫌がらせは甘んじて受けていただかないと」

ダルダンとコルクブリズは酒に酔ってるかのようにヘラヘラ笑って、チュンチュンチュンチュン、と鳥笛までもが同意する。

「ま、いいんじゃね？」

俺も、口の端が自然と上がっていた。

「ようし、決まりだね。じゃあ行こうか。――蹂躙してやろう」

ペリドットの声はどこまでも明るく、大海原の空を旋回する海鳥のように、自由だった。

どうするか。どうするべきか。どうすればいいのか。

この状況で自分ができることはなにか。――そんなの、最初から知っていた。

僕は、弱い。

子供で、小さくて、細くて、力がなくて、技量もない。年齢だって本当は九歳なのに十二歳だって嘘をついてギルドに登録させてもらったような、未熟な新人冒険者だ。

レンガのおじさんに護衛として信用してもらえなかった。

敵と相対しても、呪文を唱える時間を満足に稼ぐ自信もない。

ウェインどころか、ニグやヒルティースにも勝てやしない。

全部当たり前だ。僕には足りないモノだらけなんだから。なにもかもが足りなくて、悔しいほどになにもできない。サハギンの異様な姿と、あの海藻色に汚れた銛を見るだけで身がすくむのだ。

それでも……この状況をどうにかするなら、答えは一つしかない。

僕は笑っちゃうくらいに弱くって、魔物の数はどれだけ運が良くても倒しきれないくらい多くって、なのにユーネを敵が集まっている場所を抜けさせてあの船の上へと無事に送らなければならないのなら。

そんな無理難題をどうすればいいのか、僕は知っていた。どうするべきか知っていて、だから心の底から震えた。こんなに恐かったんだな、と唇を噛んだ。

こんなの分かって当然だ。思い返さない日はないのだから。

あの日、ムジナ爺さんは僕から魔物を遠ざけるために——自ら囮になったのだ。

「……ユーネ」

どう考えても作戦はこれしかなくて、治癒術士の名前を呼ぶまでに三度、口を開いては閉じてを繰り返した。

やっと出た声は震えていた。

「サハギンに邪魔されなければ、船が寄りかかってるあの大岩を登って、甲板に跳び移れるかな？」

僕の質問に彼女はビックリしたような顔をした後、大岩へ視線を向ける。

「手がかりの多い岩ですし、できると思いますけど……」

本当は、できないって言ってほしかった。僕だったら木登りが得意だしあれくらいは簡単に登ってしまえるだろうけれど、ユーネはもしかしたら無理かもなって、ちょっと期待していた。

でも、できてしまうのだったら……もうしかたない。

「そっか。じゃあ、僕が囮になるよ」

そう口にして、やっと覚悟した。言葉にするって大事だ。逃げ道がなくなるから、やるしかなくなる。

「ちょっと待ちなさい。キリ、貴方……！」

「大丈夫、無理はしないから」

反対の声をあげようとしてくれるリルエッタに、僕はニコリと笑ってみせる。……ちゃんと笑えているだろうか。

無理はしない。それは本当。

けれど囮になってサハギンを引き付けるなら、どうしたって近くに行くことになるだろう。

危険は避けられない。命をかけないわけにはいかない。

「僕は小さいし、弱そうだからね。近づいていけば、船の上の手を出せない船員さんたちなんて放っておいて、僕を追ってくると思うんだ」

ゴブリン討伐に行ったときのことを思い出す。僕がゴブリンに石を投げたら、やつらは武器を持って向かってきた。

弱そうだから、だ。警戒なんてされなかった。シェイアはそうなると確信してその作戦を提案した。

悔しいけれど、僕は囮役に向いているのだろう。あるいは釣り餌だろうか。

「サハギンは陸だと動きが鈍いんでしょ？　だったら適度に離れて逃げてれば大丈夫。無理しない程度に引き付けて、その隙にユーネに船へ移動してもらう。そしたら治癒魔術であの人たちを治して、一緒に船を脱出してもらって……そうして、あとはみんなで逃げちゃえばいい。どう？」

作戦はそれだけ。

相手は数が多い。まともに戦っても勝てない。だから戦わない。……それが、今の僕が出せる答え。

これは救助依頼なのだ。怪我人を治して連れて帰るのが仕事なのだから、戦う必要なんてまったくない。

リルエッタが僕の目を見つめてくる。僕はまっすぐにその目を見返した。

やがて、彼女はため息を吐く。

「……そうね。悪くない作戦だと思うわ」

不満そうでも、悔しそうでも、了承してくれたのは他に思いつく手段がなかったからだろう。実力のない僕たちにできることなんて、あまりに限られている。

「リルエッタはできるだけ離れた場所から援護をお願い。数が多くて全部は引き付けられないかもしれないから、ユーネが大岩を登れるように魔術で助けてあげて」

「分かった。任せなさい」

「サハギンが来たら逃げていいから」

「そのときはわたしも囮役をやってあげるわよ」

チェリーレッドの髪の魔術士が口を尖らせてそう言って、固い表情で短杖を握りしめる。……その手が震えているのは、きっと僕が上手く笑えてなかったからなのだろう。

「ユーネもそれでいいかしら？　やめるのだったら今のうちよ」

「……やりますよぅ。ユーネだって、あの人たちを助けたいんですからぁ」

ユーネの声は擦れていた。

この作戦で一番重要なのは言うまでもなくこの少女。治癒魔術は彼女しか使えないし、大岩を登っている間は無防備になって危険だし、彼女が時間をかけすぎたら僕がもたない。

それを全部分かっているのだろう。ユーネの表情は今まで見た中で一番緊張していて、青ざめてしまっている。

……正直、少し不安だ。

逃げながら引き付ける僕も危険だけれど、彼女はサハギンが集まっている場所の中心に向かわなければならないのだ。おそらく一番危ない役割なのではないか。

でも、この作戦は三人ともバラバラに動くことになるから、彼女に危険があったときに僕は助けに行けない。

自分の手が届かないのがすごく不安で恐いけれど、それでも彼女に任せるしかないのだ。

「あ、あの……オレはどうしたら……！」

そんな動転した声がして、振り向くと依頼人の少年がいた。浅黒い日焼けした肌の彼は、必死の表情で僕たちに訴えかける。

「オレもやります。助けたいんです！　なにか、なにかやれることはないですか？」

「それは……」

親しい人が怪我をして魔物に囲まれているのだ。いてもたってもいられないのだろう。その声には胸が張り裂けそうな響きがあった。

けれど、ダメだ。

彼はどう見ても冷静じゃない。戦えるように見えないし、魔術だって使えないだろう。

ただでさえ不安で恐い作戦なのに、彼のことまで守る余裕なんてない。

「すみま――」

「では、これをお願いできますかぁ」

僕が申し出を断ろうとしたそのとき、遮るようにユーネが口を開いた。そして彼女は自分が背負っていた物を外し、ずっしりとした重みのあるそれを少年へと差し出す。

長柄の鈍器――ポールメイス。

これから魔物の群の渦中へ向かう少女は、唯一の武器を少年へと手渡した。

「どうせ岩を登るのには邪魔ですので、持っていていただけると助かるんですよー。大事な物ですから振り回したりしないでくださいねぇ」

フワフワ髪の少女の顔はまだちょっと青ざめていたけれど、表情はいつものように穏やかに、船乗りの少年へと微笑みかける。

たしかに邪魔かもしれないけれど、武器も持たずに行くつもりなんて。

武器なんて振り回す物だろうに、大事な物だから、なんて。

「大丈夫。お二人はちゃんと治して、必ず連れてきますからー」

ユーネは安心させるように、彼の肩へ手を置きそう言った。

そして、僕とリルエッタへと向き直る。

「やりましょう。ユーネ、頑張っちゃいますよぅ」

これは――たぶんだけれど。

彼女はきっと、信じてくれたのだ。リルエッタと……僕のことを。

岩陰から出る。もう隠れる必要はない。囮役なのだから見つからなければ意味がない。

ふと思いついて、右手で足元の砂をすくうように拾った。小石まじりの砂を握り……そして、片手だと槍は構えられないことに気づく。少しだけ考えて、左手で握った槍はもたせかけるように肩へ置いた。ヒルティースのように片手剣を使うならこんな不自由はないのだろうけれど、僕の得物は両手武器なのだから仕方がない。

岩場に登って歩いて行く。足元は滑りやすくて岩はゴツゴツしていて、転んだら痛いだけじゃすまなそうだ。サハギンは陸だと動きが鈍いと聞いたけれど、この足場だと僕も全力では動けない。足元に気をつけながら進む。

一匹のサハギンが僕に気づいた。ギキィ、と変な声で鳴いた。すると、他のサハギンたちが一斉に振り向く。……陸上のサハギンだけじゃなく、海中から顔を出しているサハギンも全て。

思わず足が止まった。異様な魚の双眸《そうぼう》がたくさん僕に向けられている光景と、その目から殺意以外のなにも読み取れないことにゾクリとした。

恐い。けれど、心を奮い立たせて足を進める。

ユーネは僕を信じてくれたのだ。だったら——応えたいと思った。どれだけ恐くても。

歩く。見るべきは前だけではない。ちゃんと下も見なければならない。濡れた岩と岩の間を覗けば、かなり下の方でチャプチャプと水面が揺れていた。もし滑り落ちたらと思うと身震いしてしまう。

一番近いサハギンが一匹、こちらを振り向いて銛を構えた。他はまだ動かない。僕のことは見ているが、銛は構えずチラチラと船を見ている。海中の方にも動きはなく、そして銛を構えている一匹も僕に向かってくることはなかった。

「意外……」

近づけば寄ってくるかなと思ったけれど、そうはならないらしい。僕の相手など一匹で十分と判断したのだろうか。それにしては……向こうから近づいてこないのが不思議だけれど。

とにかく、僕から近づくしかないらしい。

銛を構えた一番近いサハギンへ、僕は近づいていく。岩から岩へ跳び移って、足が滑らないように気をつけながら間合いを詰めていく。

近づくにつれてその一匹は警戒度を増して、姿勢を低くしていく。

「……けっこう大きいな」

猫背みたいな姿勢のせいだろうか。遠目だと小さく見えたけれど、サハギンは予想より大きかった。たぶんちゃんと直立すれば、ニグやヒルティースよりも背が高くなる気がする。ウェインやペリドットと同じくらいか。

身体を覆う濡れた鱗はいかにも硬そうで、表情の分からない顔からはなにを考えているのか予想できなくて、先が三つ叉に分かれた銛は真っ直ぐに僕を狙っていた。

口から覗くギザギザの歯の形が分かるほど近づいて、僕は一旦立ち止まる。ほんの少しの躊躇……けれど、それもすぐに振り払った。あまり時間をかけたくない。

だから、距離を詰める。――間合いに入る。

風を切る音がした。突き出された銛は予想よりずっと速く正確で、とっさに避けてなお頬に灼け付くような痛みが走った。

ビックリしてしまって、慌てて後ろに跳んで距離をとる。頬から血が流れるのが分かってゾッとした。そんなに痛くないし大した怪我じゃないだろうけれど、一歩間違えれば死んでいたと今さら認識する。

心臓が早鐘のように鳴っていた。全身から噴き出す汗を感じながら、体勢を立て直す。

「陸上じゃ動きが鈍いって言ってたのに……」

思わず文句が漏れてしまう。騙された気分だ。

……けれどリルエッタが教えてくれたそれは、べつに間違っているわけではなさそうだった。

追撃が来ない。僕が後ろに下がったのに、向こうは距離を詰めてこないのだ。

どういうことだろう。疑問に思っていると、サハギンがベチャリと音を立てて足を戻し、ゆっくりとした動作で銛を構え直す……その視界の端で、別の一匹が緩慢な動作で海に入るのが見えた。ザブン、という水音が聞こえてきて、代わりに海からまた一匹出てくる。

それで、見当がついた。

「……海から離れたくないのか」

攻撃するときは速いけど、それは真っ直ぐ銛を突き出す動作だけだ。きっと移動の動きは遅くって、そしてサハギンは身体が乾いたら海に入らないといけない。海から離れすぎるわけにはいかないのだ。

まるでカマキリみたいだな、と思った。ひたすらじぃっと待って、襲いかかる一瞬だけすさまじく速くて、一撃で獲物を仕留める狩り。……そしてそれで逃がしたら、もう追わない。狩れない獲物を追うほど無駄なことはないから。

たぶん水中だとまた違う動きをするのだろう。けれど陸上だと自分たちの動きが鈍ることを、サハギンはちゃんと理解しているのだ。

ふぅ、と息を吐いた。

だいたい分かった。どうやら海から一定以上離れれば安全圏らしい。ここなら大丈夫、サハギンは追ってこない。

「だから、こう」

僕は銛を構えたサハギンを回り込むように、岩から岩へ跳び移って移動する。

海側へ。

ゾワリ、と背筋の毛が全部逆立ったような気がした。サハギンたちの視線がさっきまでよりもずっと強く刺さる。

陸上のサハギンが三匹、ベタリ、ベタリ、と水かきのついた足でこっちに歩いてくるのが見えた。

海中のサハギンの多くもギギィ、ギギィ、と鳴いて僕の方へと寄ってくる。

銛で攻撃してきた一番近い一匹は、僕の退路を塞ぐように、ついさっきまで僕がいた場所へと緩慢な動作で移動した。

今度は群の狩りだ。追い込んで、回り込んで、取り囲んで、仕留める。すごくゆっくりなことを除けば狼のような動き。

改めて見てもサハギンの顔は頭が良さそうには見えない。鳴き声でなにかやりとりをしているにしても、複雑なことを言っているとは思えなかった。

つまり、サハギンはそういう生き物なのだろう。そういう習性で、こんなふうに人を襲う魔物なのだ。

……困ったな。知能が低そうだからなんとかなるかも、なんて思っていたけれど……だからこそ無駄が少ない。

ザブリ、ザブリ、と海からサハギンが上がってくる。数えれば四匹、僕を囲い込むようにしてのろのろと近づいてくる。

ベタリ、ベタリ、と陸上のサハギンが歩いてくる。最初の一匹に加えてさらに三匹、逃げ道を塞ぐように陣形を組む。

「うん、魚だ」

その顔ぶれを見て、そう呟いた。

どう見ても魚だ。感情を映さないギョロッとした目も、テラテラと光を反射する濡れた肌も、僕の槍なんて弾いてしまいそうな鱗も、首筋のエラや背中のヒレも、全部お魚。見てたらなんだか普通の魚もヒト型だったような気がしてきた。この前釣ったのもこんな形だったっけ？

ならこれは釣りで、僕はやっぱり餌だ。

陸上の五匹の内、四匹は釣った。海中のサハギンも大部分がこっちに寄ってきた。――完璧ではない。できれば全部引き寄せたかったけれど、ここまでが僕の限界。あとは向こうに任せるしかない。

ジリ、とサハギンたちがにじり寄ってくる。

「無理はしない、って約束したんだけどな」

もう無理しているから約束は守れていない。それが心苦しいけれど、こうしなければ囮になれなくて、そして全部終わるまでコイツらをここに引き留めなければならない。

恐かった。震えるほど恐くて、今すぐ逃げ出したくって、けれど……そうするわけにはいかなくて。

「信じられちゃったら、格好つけたくなるじゃないか……」

思わず漏れたぼやきは震えていて、すごく格好悪かった。

僕は右手に握った砂を意識しながら、自分を包囲するために動く魚たちを眺める。観察する。

……まだ。まだ遠いヤツがいる。

……まだ。今動けば諦めて戻ってしまう。

……まだ。勝ちを確信させろ。

サハギンはほぼ等間隔に僕を取り囲み、銛を構えて止まっていった。陸では動きが遅いことを知っていて、だから慎重になっているのだろうか。

おそらくだけれど、向こうは僕を逃がしてもいいと思っているのではないか。サハギンたちは陸では動きが遅く、外敵である僕は追い払えれば上々。だから一匹では襲いかかってこない。

とはいえこの包囲が完成すれば、僕は逃れられないだろう。敵は仕留めた方がいいに決まっている。だからその前には抜け出ないといけない。

でも、あっちに戻られても困るのだ。だからギリギリまで待って、なんとかここを抜けて、そしてできれば囮としてさらに引き付ける。

頭に浮かんだのは、悔しいことにニグとヒルティースだった。本当に嫌だけれど、これからマネするのはその嫌な部分だけれど、あの二人にも教えてもらったことがある。

「怒らせる。憎ませる。そうすれば僕に注目する。――……一匹、倒そう」

無茶だろうか。無理だろうか。真面目な魔術士と優しい治癒術士に、あとで怒られるだろうか。

ベタリ、ベタリ、と足音がして、最後のサハギンが僕を中心にした陣に加わり、包囲が完成する――その、直前。

「今！」

大声で合図して、全てが動く。

ユーネが岩陰から飛び出る。

リルエッタが短杖を構えて呪文を唱える。

自分を囲む円陣の唯一の綻びに向かって、僕は駆けた。


チッカに連れられて、みんなで釣りに行ったことがある。そのときに釣った魚はシェイアの起こした焚き火で、美味しい塩焼きにして食べた。

この前、ペリドットさんに奢ってもらったご馳走にだって魚はあった。

村でだって、たまに川魚は食べていたのだ。

駆ける。向かうは最後に来た一匹。まだ完全に包囲が終わっていない、唯一の場所。

「——魚でしょ、君ら」

口の中だけでそう呟く。人の言葉が通じるとは思わないけれど、念のため小声。

岩陰を出るときに拾った、右手に握る小石まじりの砂を意識する。

あれは魚。本来は陸のイキモノじゃない。……なら、突ける弱点ぐらいあるはずだ。

駆ける僕を見てサハギンが身構える。銛を構えて迎え撃とうとする。僕は砂を握っている右手を振りかぶった。

さっき、だいたいの間合いは計った。だからその一歩手前でダンッと停止して、えいやっと肩を回す。

「うりゃあっ！」

身体をわずかに傾けて、垂直に振り上げた手を振り下ろすように。

なんの小細工もない上手投げで、思いっきりぶち当てる。

こいつらは魚だ。魚なら何度でも見ているから分かる。目を閉じた魚なんか見たことがない。——閉じるための瞼なんて、ないのだ。

まともに砂がかかったサハギンが顔を背ける。銛を落として手で目を押さえる。ツラそうに悶えながら擦る。……アレはダメだ。目に砂が入ったら擦っちゃいけない。村の神官さんも、ウェインもそう言っていた。

もがくように後退る魔物を睨み付けながら、僕は左肩にもたせかけるように持っていた槍をやっと構えた。右手と左手はほとんどくっつけて、持つのは石突き近く。

スゥ、と息を吸う。

身を捻るように振りかぶる。胸いっぱいに息を吸う。あの鱗の防御力を超える一撃をイメージする。踏み込む。——かけ声はたしか、こう。

「おらぁっ！」

気迫を声にのせて、全力で横薙ぎに大振りした。

ハズれた。

「あ」

僕の大声にビクッとした目の見えないサハギンは、銛を突き出したときのあの速さで後ろに跳んだのだ。

僕の槍はすんでのところで避けられ、ゾワッと絶望がお尻から這い上がる。まさか、逃げるときもあの動きができるなんて——

「あ」

着地したサハギンが濡れた岩場にズルッと足を滑らせて、ガクッと膝関節が落ちて、仰向けに岩と岩の間に落ちた。

ゴッ、ゴッ、という痛そうな音がして、ザブンッと水に落ちる音がして、その魔物はいなくなった。

「——よし、一匹倒した」

計画通りだ。これを狙っていた。これが一番鮮やかに素早く倒せる方法だった。

そういうことにしておこう。

僕がよく知る釣り人は言っていた。隙間に落っこちたら引き上げられないからね！　と。波で削られた岩は掴むところが少ないうえに濡れて滑る。自力では這い上がれない。また岩の上から水面まで距離があるため、助けようとする方も無理な体勢になるから逆に引きずり込まれてしまうそうだ。

……だからあのサハギンはもう上がって来られない。つまり倒した。倒したってことでいいんじゃないかな。

そんなことを頭の端で考えながら、たった今できた包囲の穴を駆け抜け、振り向く。

ユーネが船が寄りかかる大岩へと辿り着き、しがみつくように登り始めるのが見えた。そんな彼女のもとへ向かうサハギンが見えて、けれどリルエッタの短杖に魔力の光が集まる。

残った七匹のサハギンが、感情が分からないはずの目にたしかな暗い炎を宿して、僕へ視線を向けていた。

「……まだ」

生ぬるい海風を感じながら、海の方のサハギンがギィギィ鳴くのを聞きながら、頬の怪我から垂れる血液を手の甲で拭う。首をじっとりとした冷や汗が流れ落ちるのが分かった。

まだだ。ユーネが大岩を登って、船上の二人を治療して、船から降りて逃げきるまで。

僕は、あの恐ろしい目を向けられ続けなければならない。

逃げるわけにはいかない。諦められてもいけない。だから槍を構えて、一番近いサハギンに突撃する。

「やっ、はっ、……たっ！」

かけ声を上げながら大岩を登る。

実は本当に登れるのか少し不安だったけれど、波のかからない高さなら濡れていないし、削れてもいない。だから足がかりになるデコボコは多かった。これなら登っていける。

ギィ、と鳴き声が聞こえた。

囮になってくれたキリ君の方へ向かわず、こちらに残っていた魚の魔物が真下まで来て、銛を構えるのが見えた。

三つ叉に分かれた銛の切っ先には返しが付いている。あれに足など貫かれたらきっと、刺さった銛が抜けなくなって、魔物の力に引っ張られこの大岩から引きずり降ろされて、無惨に殺されてしまうのだろう。

「ひぃ」

鮮明にその光景を想像してしまう。

岩の上に叩きつけられた自分に恐ろしい魚の魔物が濡れた身体で覆い被さり、あの感情を映さない目が覗き込んできて、ノコギリのような鋭い歯が並ぶ口を大きく開ける――そんなおぞましい未来が頭にハッキリと浮かんで、身がすくんでしまう。

こんな役に立たない妄想ばかり自分は得意だ。今はそんなことを考えている場合ではないのに。船の上の二人を救助するために、あの銛から逃れるために、一刻も早くこの大岩を登らなければならないのに。

サハギンが勢いよく銛を突き出す。思わず身体を固くし、目をつむる。

痛みはやってこなかった。代わりに音を聞いた。パァン、という大きな破裂音。魔物の濁った悲鳴。頼もしい声。

「ユーネ！　行きなさい！」

叱咤に背中を押されるように、上へ手を伸ばす。ブチャリ、と岩を掴んだ右手がなにか柔らかい、気持ち悪いモノを潰した感覚があった。嫌悪感で背筋がゾクリと冷えて、けれどそのまま潰したなにかごと岩の突起を握りしめる。

上へ。

救いを求める人が、いるところへ。


魔力弾が直撃したサハギンがよろめき、ユーネが銛の届かない場所へ上がるのを確認して、わたしは胸をなで下ろす間もなくもう一人の仲間の方へ視線を向ける。

「ああもう、やると思ったわ！」

予想したとおりの光景が繰り広げられていて、思わず叫び声が出た。

よせばいいのにサハギンの群へ突撃し、突き出される銛を避け、槍を繰り出すキリの姿。

あの見ていて心臓が痛くなるような包囲からはもう抜け出している。必ず一匹しか攻撃してこない位置取りを常に意識しているのは分かるし、そして一撃放ってはすぐに距離をとっている。

彼は戦士としてまだ未熟かもしれないが、それにしては驚くほど視野が広い。もしかしたら薬草採取で常に周囲警戒する経験がこんなところでも活きているのだろうか、思った以上に上手く倒されないように戦っている。

それが分かっても、恐ろしくてまともに直視できない。

……彼はできると判断してやっているのだろう。けれどヒヤヒヤするのはこちらだ。

「なにが無理をするつもりはないよ……」

言って、歯噛みする。胸の中を苦い何かが埋め尽くす。

一匹倒されたとはいえ、相手は仲間意識などあるのかわからない魔物だ。安全な距離を保って逃げても追ってくるとは限らない。ああしなければ敵が船の方に戻ってしまう可能性は、ある。

それはたしかに無視できないのだ。ユーネがあの船員たちを治癒しても逃げることができなくなる。その最悪を潰す動きは無駄ではないだろう。

彼の判断は間違っていない。……ただし、彼の生存率の天秤がつり合っているとは思えなかった。

それが分かってもなお、わたしは彼に戦うのをやめろとは言えなかった。囮として逃げに徹しろと言えなかった。

言う、資格がなかった。

さっき魔力弾を直撃させたサハギンが、頭を押さえながらこちらを向いた。……問題ない。自分は陸側にいる。本の知識でも今までの観察でも、この場所は安全圏だと分かっている。それはいい。

問題なのは、あのサハギンを一撃で倒せなかったことだ。

ここから魔力弾を撃ち込んだとして、あと何発で倒せるだろう。あるいは他の魔術で無力化するべきだろうか。まだ魔術士として未熟な自分の手札は決して多くない。

ユーネが大岩を登りきる。躊躇いなく船の甲板へ跳び移る。――それを喜ばしく思う一方で、手放しでは喜べない事態が目の前にある。

彼女が船員の二人を治療するのに、治癒魔術を二回、もしくは三回。……その間に、自分はアレをどうにかしなければならない。

「……死ぬんじゃないわよ」

声を向けるのは、キリのいる方角。

囮役の援護はできない。仮にサハギンが何匹か戻って来てしまったとき、自分がそれに対処できるか分からなくて、だから彼に逃げに徹しろと言えない。それが、悔しい。

たしかサハギンは知能が低いかわりに、生命力が強いはず。……けれどしょせんは下級の魔物なのだから、それなりの魔術の使い手なら一撃で倒せてしまえる。

そうできない自分の魔術の腕が、今はひたすらに憎かった。

救助依頼である以上は対象の安全確保が優先で、可能な限り早く避難させることが、結果的に彼のためになる。

それは分かっている。分かっているけれど。

呪文を唱え、短杖に意識を集中する。——今は彼を信じ、自分ができることをやらねばならない。


分かった。サハギンは戦士ではない。少なくとも訓練など受けていない。獣が武器を持っているだけだと思った方がいい。

ウェインとは比ぶべくもなく、ニグとヒルティースよりも格下だ。

「ここっ」

サハギンが銛を突き出す。それをタイミングを見計らって避ける。

問題ない。引きしぼった弓矢のように速いけれど、放たれた矢のように軌道は真っ直ぐだ。間合いに入れば必ず来ると分かっている単純な攻撃なのだから、避けるのは決して難しくない。

そして銛を突き出した後が雑だ。切っ先はぶれて、身体は泳ぎ、次の動きに移るまでの隙がすごく大きい。

あんなの、僕がやったらウェインに怒られてしまう。

「ふっ！」

踏み込み、槍を繰り出す。頭の付け根なのか盛り上がった肩なのか分からない部分に当たり、鱗に弾かれる。

力が足りない。技量が足らない。もしかしたら槍が安物なのも悪いかもしれない。表面に擦ったような痕しか残らなくて、槍を当てるたびに不満がつのる。

けれど僕ですらこうして反撃できてしまうほどの隙が、サハギンにはあった。

攻撃が効かないのは、この状況では決して悪いことではない。危険だと思われると追ってこなくなるかもしれない。むしろ船の方に戻って固まって、僕を迎撃する態勢に入られることも考えられる。そうなるくらいなら攻撃が効かない方がずっといい。

悔しいけれどこのままで問題ない。そう自分をなだめて槍を戻す。

距離をとる。これも分かった。ちゃんと銛の間合いの二歩手前あたりで止まる。あまり離れすぎてはならない。

あいつらは足が遅いから、これで十分。むしろ気をつけるのは足元の方だ。

分かった。岩と岩の間に距離があるとサハギンは追ってこない。きっと跳躍力は低い。位置取りに気を遣う。

分かった。また包囲しようと回り込んでいる奴がいる。けれどアイツが背後に回る頃には、さすがにユーネは船から降りて逃げている。

分かった。鳴き声を出すサハギンは少ない。陸に上がっている七匹の内、鳴き声を放つのは少し後方の二匹。そいつらが身振りを交えて指示を出している。

分かった。鈷を突き出すとき、人間だと首の辺りにあるエラが閉じる。

分かった。元から猫背なうえに極端な前傾姿勢で鈷を放つから、攻撃後に隙があっても柔らかい腹は隠れてしまって狙えない。

分かった。攻撃してから、体勢を立て直すまでの時間感覚。

分かった。

分かった。

分かった。

分かった。分かった。分かった。分かった。分かった分かった分かった分かった分かった……

――！

脳が高速で回る初めての感覚に、意識の端だけで戸惑いながら踏み込む。今度はもっと深く、もっとギリギリの場所へ。

鈷が放たれるのを避ける。もう一匹、別の角度から攻撃してくる敵を視認して、それも身体を捻って避けた。革鎧に擦る感覚があってヒヤリとする。

けれど、これだけ近づけば。

「はあっ！」

極端な前傾姿勢になったサハギンの後頭部へ、剣のように持った槍を思いっきり振り下ろす。

姿勢が低くて腹が狙えないなら、頭を狙えばいい。たとえ痛打を与えられなくても、この姿勢のところに上から衝撃を与えれば押しつぶすように転ばせられるのではないか。

そう考えての攻撃は――ガチィッ、と硬い背びれに阻まれる。

「うっわ、うそだぁ……」

槍を受けたサハギンが動き、銛が振るわれる。突き出すのではなく、足を掬うような横薙ぎ。初めて見る動き。

けれどそれは全然速くなくて、僕は後ろに跳んで避けつつ距離をとる。

――分かった。今のは決して悪くなかった。けれど背びれがあんなに硬いのは予想外。僕の力だと槍じゃ軽すぎる。剣か……それこそ斧かナタなら、もっといい一撃になったのではないか。

「……なら、槍なら」

思考が加速する。

目を狙えばもちろん貫けるだろうけれど、的が小さすぎる。ウェインだったらなんなく成功させるかもしれないが、僕がやっても当てる自信はない。なら口ならどうか。大きいし呼吸のためかパクパクしてるから的としては悪くない。ただし銛を突き出した後の隙だと位置が下すぎる。地面を擦るように、掬い上げる角度で槍を繰り出せばねらえるかもしれないが、そんな技なんか習っていないし練習していない。だから当たっても深く刺せるかは疑問。それでも顔を狙う価値はあるけれど、せいぜい怯ませられたらいいって感じだろうか。

やはり狙うは一点。エラだ。

あのエラに槍を刺し込めれば中は柔らかいだろう。一撃で倒せても不思議じゃない。チッカもそうやって釣った魚を締めていた。的も小さくない。問題は、さっきよりもさらに深く踏み込まなければならないことだけど——


びちゃり、と冷たくて嫌な感覚があった。右足首。グイ、と引っ張られて、ワケも分からずゴツゴツした岩の上に倒れ込む。


受け身も取れず膝を強打した。顎を打って脳が揺れた。とっさに左手をついた場所には岩にこびり付いた貝がたくさんあって、鋭い痛みとともに手のひらがザックリ切れた。

「え……——?」

頭がクラッとして、それでもなんとか顔をもたげて後ろを見る。岩と岩の間から水かきのついた手が這い出ていて、僕の足首を掴んでいた。

その向こうには魚の頭があった。怪我をしているのか側頭部から体液が流れ出している。魚の目に恐ろしい暗い炎を宿し、僕をじっと見ている。

そいつには見覚えがあった。サハギンの個体ごとの見分けなんてつかないけれど、そいつだけは分かった。さっき落とした一匹で間違いない。なんで登って来られるんだ。自力じゃ登れないのではなかったのか。

意味が分からない。なにも分からない。こんなとっかかりのない濡れた岩場、人なら絶対に登れやしないはずなのに――

「――魔物、だから」

身体の構造が違うのか、それともなにか特別な能力でもあるのか、サハギンは濡れた岩場でも這い上がれるのか。

それは……ズルい。

ベタリ、と濡れた足音がした。目の前に水かきのある足があった。見上げれば、サハギンたちが僕を見下ろし銛を構えていた。

その、感情を映さない魚の目が、嗤っているように見えて。

足が引っ張られる。銛が一斉に降ってくる。岩の隙間に引きずり込まれるか、串刺しにされるか、好きに選べと言われているようで――

「目を閉じなさい！」

閃光が。

サハギンは魚だ。たとえ人の言葉が分かったとしても、目を閉じるための瞼がない。

だから、それはマトモに効いた。

凄まじい閃光は瞼の上からでさえ視界を真っ白にする光量で。

それを防ぐ手立てのないサハギンたちの目を灼き、濁った悲鳴を上げさせ——両手で、目を押さえさせる。

銛は音を立てて落とされ、足を掴んでいた手は離れてまた岩の隙間に消えていき、僕は真っ白な頭で身を起こす。

槍の柄の真ん中の辺りを右手で持って、その右手と左手で頭を抱えるようにして、身はできるだけ低くして。

なんにも考えられなくて、ただただ必死で、その場から逃げ出す。

「早く！」

リルエッタが叫んでいた。青い顔で、怒った顔で。短杖を構えながら。

「キリ君！」

ユーネがこっちに駆けて来る。彼女の武器のポールメイスを持って。彼女の後ろにはあの褐色の少年と、肩を貸し合って立っている二人の船員さんたちがいて。

こわごわと肩越しに後ろを振り返れば、サハギンたちはまだ目潰しに悶えていて、一匹も追って来ていなくて。

ポールメイスを捨てたユーネが抱きついてくる。力いっぱい抱きしめられて、彼女の肩越しにリルエッタも駆け寄ってくるのが見えて。

そうしてやっと、僕たちはこの依頼を達成したのだと、分かったのだ。


「……つまり、なんだ」

僕らの報告を聞いたバルクは、受付のカウンターに肘をついて額に手を当てた。

厳しい表情だ。眉間に深く深くシワが寄っている。

「行ってみたら十五匹以上のサハギンが船を取り囲んでいて、お前らがそいつら相手に戦って怪我人を救出したと……そういうことでいいんだな?」

「サハギン全部を相手にしたわけじゃないし、まともに戦ったわけじゃないけれど……まあそんな感じ」

伝えた内容を確認され、僕は細かな部分を訂正しつつ頷く。するとバルクは苦虫を噛みつぶしたような顔になってしばらく黙ってから、低い声で告げる。

「そういうときは尻尾巻いて戻ってこい」

あんまりな言い方ではないか。

「いや……僕らに行けって言ったのバルクだよね？」

「ああそうだ。その通りだ。だが、そんな状況は予想していない」

はぁぁぁ、と彼は大きくため息を吐く。よく見ればその顔は血色が悪くて、色濃い疲れが滲み出ている。

「サハギンの縄張りは海中だ。いくら残忍でしつこいと言っても、陸に上がった獲物にそれだけ執着する例は聞いたことがない。そもそも奴ら、海から上がってくることすら希《まれ》なんだぞ」

え、と驚いてしまう。

あんなにたくさんいたのに。代わる代わる海から出たり入ったりしながら、こちらを取り囲むような狩りの連携までしていたのに。なのに陸に出てくることが珍しいだなんて意味が分からない。

思わずリルエッタを見てみると、彼女もまた驚いていた。どうやら彼女でも知らない話らしかった。

どういうことだろう……バルクはきっと間違っていない。だって彼は冒険者の店の店主だ。ヒリエンカは港町だからサハギン討伐の依頼なんかいくらでも取り扱っていて、その数だけ冒険者から報告を受けているはずである。

魔物に関してだけなら、きっとどんな本よりも詳しいはず。

「普通なら戦闘なんか起きやしない。相当しつこいサハギンが数匹いるかもしれないが、そいつらだって海から見てるだけで終わりそうなもんだ。……たとえ戦闘になったとしてもせいぜい一匹、多くて二匹程度。陸に出たサハギンはノロいから、その程度ならお前らでもなんとかできると送り出した」

最初から五匹も陸に上がっていることが、そもそも異常事態。そのうえさらに四匹海から出てきて九匹なんて、完全にどうかしている状況だった？

つまり本来であればもっと危険が少ない依頼だったはずで、だからバルクは僕らを指名したのか。

……それこそ、治癒術士がいるパーティならなんでもいい、くらいの感覚で。

「ああクソ、いやすまない。今回の件は、その状況を予測できなかったこの店のミスだ」


そう、バルクは断言した。

依頼は達成して、怪我人は救助できて、僕たちは全員戻って来たのに。

失敗だったと、そう言った。

「店だって正確に状況を把握できないときはある。今回のように緊急性が高い依頼なら特にな。そういう場合は依頼遂行不能と判断して撤退しても責任は追及されない。違約金は発生しないし評価も下がらん。むしろ店に状況報告するのが仕事と思え」

「で……でも！」

大きい声を上げたのはユーネだ。けれど彼女はバルクに一睨みされて、ビクッとなって一度口を閉ざしてしまう。

再度出した声は、ささやきほどの大きさしかなかった。

「怪我人がいたんですよぅ……頭を打って、時間もたっていてぇ……」

「だからなんだ。死んだら死んだときだろう」

それはひどく冷たい言葉で、けれど語気は驚くほど熱かった。

バルクは受付の引き出しから布袋を取り出すと、とじ紐をほどいてカウンターの上に中身をあける。出てきたのは銀貨と銅貨が何枚かずつ。——レンガのおじさんのときや、幽霊騒ぎの廃墟を調査したときと、ほぼ同じくらい。

Fランクの依頼書でよく見る程度の報酬額。

「これがあの船乗りのガキが持って来た依頼料だ。見習いの全財産なのか、それとも船員たちが持ってた財布を集めたのかは知らんがな。……ここから店の手数料を引くから、お前らの取り分はさらに少ない。だがFランクに回ってくるのはこの程度の額の仕事だってことくらい、お前らは知っているだろう」

あのとき、他にも店に冒険者はいた。治癒術士はいなかったけれど、僕らよりもっと強くて頼りになる人たちはいたのだ。

それでも僕らが指名されたのは……危険があまりなさそうで、パーティにユーネがいて、そしてFランクパーティを一つ雇う程度の報酬しかなかったから、だった。

「マグナーン、これは命を懸けるに値する額か？」

冒険者の店の店主の視線は、商人の家の子であるリルエッタへと向けられる。

問われたチェリーレッドの髪の少女は、貨幣価値を叩き込まれた瞳でカウンターの上の銀貨と銅貨を眺め、そしてパーティの仲間であるユーネと僕へ視線を移した。

形のいい唇から紡がれる言葉は、キッパリと。

「いいえ。これじゃ全然足りないわ」

「そうだ」

僕は口を開くことができなかった。

人助けはいいことだったと思う。けれど、それをやったことで怒られている。なぜなら命懸けだったからで、たしかに僕はもう少しで死ぬところだったしユーネも危険だった。

そして、それがどれだけ割に合わないかということを、報酬額という形で示された。

「冒険者は慈善事業じゃない。安い報酬で命を懸ける必要はないし、それで誰に文句を言われようが気にすることはない。命を懸けてもらえるだけの対価を出せない方が悪い、と面と向かって言ってやればいい。――そしてどれほど報酬を積まれようが、他にどんな理由があろうが、無理だと判断したときは逃げろ。冒険者を殺すのは魔物ではなく依頼である、と言うだろうが」

そんな言葉は知らない。けれど実際に今日死んでいたかもしれない身には、内容は痛いほどに理解できる。

依頼人は、救いたい者たちの命にどれだけの額が出せるか。冒険者は、懸ける自分の命にどれだけの額をつけるか。そして討伐依頼であれば、奪う命にどれだけの値があるのか。

それは命の値段だ。

「ハッキリと言ってやる。──いいか、店はお前らFランクに大した働きは期待していないんだ」

Fランクは冒険者ギルドの最底辺。だからこそ、店は僕らに報酬の高い仕事をまわさない。それは難しい仕事だから。あの布袋から出てきた価値の分だけ働ければ十分。それ以上は余計。

当然だ。できないことはやれない。店は依頼を達成してほしいのに、わざわざ無理なことを言うはずがない。

「まあ……それでもお前らには期待している方だがな」

そう言ってバルクは一度目を閉じ、深々と息を吐いてから目を開けて、僕らを順に見た。そんなふうに言われたのは初めてで、僕は一瞬聞き間違いかと思ってしまった。

彼は……呆れたような、珍妙な動物でも見るような、そんな表情で僕らを眺める。

「戦闘は得意ではないが、小器用で頭がいい。それに他のチンピラまがいと違って仕事が丁寧だ。店としちゃ、腕っ節だけの奴らよりよほど便利だよ」

便利って。

「だからこそ、引き際くらいは見極めろ。お前らはお前らでまあまあ役立つんだから、得意ではない仕事までやる必要はない」

僕は下唇を噛んで、苦い薬のようにその言葉を飲み下す。

思い返すのはペリドットの言葉だ。パーティを輝かせろ——つまり、自分たちの得意分野を活かせ。言い方は違うけれど、それと同じこと。得意なことをやれ、不得意なことはやるな、と。

たしかにあの戦闘、僕たちには荷が勝っていた。

囮作戦がたまたま上手くいっただけで、正攻法だったら絶対に達成不可能。僕はあれだけやって一匹もサハギンを倒せなかった。

危険なんてものではない。無謀だ。あんなの撤退するのが普通だったに違いない。

「——僕たちは、間違ったことをしたんですか？」

それでも、その言葉は口を突いて出た。

理解はした。バルクの言いたいことは分かった。報酬額を見て、自分とユーネの命と天秤にかけて、明らかに少なすぎると感じた。

だけど、心のどこかで納得できなかった。

「お前、死にかけたんだろう?」

冒険者の店の店主が僕に問う。

「生きて帰ってきました」

けっして不可能ではなかったと、僕は答える。

「それは結果だ。たまたま成功しただけでしかない」

「一番いい結果でした」

リルエッタが何かを言いたげに僕を見ていた。ユーネが何も言えないかのように口の端を歪めていた。

「まぐれでいい気になるな。十に一つを掴もうとするのは、残りの九から目を背けるということだ。それは無責任と何が違う」

「危険な状況の人たちがいて、時間がなくて、あそこには僕たちしかいなかった」

バルクの声は怒気を孕み、僕の頭は真っ白になっていく。

べつに褒められたかったわけじゃない。報酬に満足しているわけじゃない。サハギンはすごく恐かったし、最後は本当にリルエッタが助けてくれなかったら危なかったし、バルクの言うことだって分かる。

けれど、人を救って怒られるのは違うのではないか。

「やあ！　なかなか面白い話をしているね。フフン、どうだろう。その裁定、ぼくに任せてみないかい？」

その明るくキラキラした声を聞いた僕とバルクはほとんど同時に、ややこしい人が来たと顔をしかめたのだ。

「今は取り込み中だ。向こうに行ってろペリドット」

バルクがそう言ったけれど、ペリドットは普段となにも変わらない調子でフフンと笑い、首を横に振った。

「そういうわけにはいかないサ。実はぼくも報告があってね。早く済まして戻らないとみんなに怒られてしまう。……とはいえ順番を無視して横入りなんて格好悪いことはできないだろう？　だったらもう、君たちの困り事を早々に解決して自分の番にまわすしかないのだよ」

「完璧だな。真面目な話へ無遠慮に加わろうとする非常識さと、お前が関わると余計にややこしくなるってことに目をつぶれば、なんの文句もねえよ」

「フフン。そんなに褒められるとさすがに照れてしまうね。任せておきたまえよマスター・バルク。

この問題、ぼくが裁定の神の天秤よりも公平に纏めてみせようじゃないか」

すごい、会話が成立してないどころか感情のやりとりもできていない。バルクはあんなに怒ってるのにペリドットはニッコニコだ。

言葉を喋らない猫でもああはならない。

「えっと……ペリドットさんはナクトゥルスを見に行ったんじゃなかったの？」

「ん？　ああ、そのついでみたいな仕事ができたんだ。まあちょっとミスしてしまったんだけれどね。あ、ナクトゥルスはもう採取可能だったよ。明日にでも行ってみるといい」

「本当ですか？　ありがとうございます。……失敗って、大丈夫だったの？」

「大丈夫ではあるんだけど、ロープが全然足りなくてね」

ロープ。冒険者の基本装備の一つだ。僕もいずれは欲しい道具である。ロープがあれば急勾配のところに生えてる薬草も採りに行ける。

ただそれがたくさん必要な仕事って、僕にはすぐに思いつかないのだけれど……まあ忘れ物しただけなら、怪我人が出たりとかの失敗じゃないだろう。

「おかげでみんなから非難囂々《ごうごう》だったサ。まあたしかにたくさん必要って予測できたし、余分に用意してなかったぼくが悪いんだけどね。……そう！　だからメルセティノと共に風を切りながらひとっ走り、ロープの調達ついでに店へ報告に来たってわけサ！　とても気持ちのいい疾走だったよ！　やっぱり頼りになるのは愛馬だよね！」

この人、いつも楽しそうだなぁ。

「というわけで人を待たせているから、本当に早く戻りたいんだよ。けれど、君たちはこのままだと長々と話し続けるだろう？　それは困る。ああ！　もう一人受付に人がいれば、こういうときに出しゃばらなくても済むんだけれどね。これは店の人員不足が悪いんじゃないかな？」

チッ、とバルクが舌打ちした。痛いところなのだろう。

たしかにこの店は人手不足のように思える。朝とか、受付に依頼を請ける冒険者がけっこう並んでるし。

「フフン、どうやらマスター・バルクも、ぼくの参加を納得してくれたようだ。では所感を言わせてもらおうかな。……この話の命題は実に興味深いよ。哲学や宗教学の分野になるのかな？　今度教会に行ったときに質問してみたいね。――人の命は貴い。人を救う行為は尊い。では、自分の命を死の危険に晒して他者の命を救おうとする行為は、はたして正しいのか？」

そうやって謎かけの形にされると、それは致命的に矛盾しているように思えた。……自分の命も人の命であることに違いないから。

でも、僕は死にたくて囮になったわけじゃない。できると思って、生きて帰るつもりでやって、それでギリギリだったけれど生き残った。

「でも改めて考えてみると、興味深いだけで役には立たないねこの命題。こんなのは暇なときに考えればいいんだ。優雅な午後のお茶の時間とかに焼き菓子でも食べながらね。ぼくたちは冒険者だから正しいかどうか、善悪がどうかなんて今は置いておこう。それは物事の本質には邪魔でしかない」

邪魔、と。彼はそう言った。正しいか否かを。善と悪を。

まるで、冒険者にそれは不必要だとでもいうように。

「そんな善悪なんてつまらない話を抜きにして、結論を先に言ってしまおう。バルクは間違っている。キリネ君たちは非難されるべきではないよ」

ニコニコと、ペリドットはそう断言した。

あっさり、キッパリ、軽薄に。

「テメェ……」

「そうだろうマスター・バルク。君は冒険者の店の店主だ。だから、未熟な彼らに助言するのはいい。叱ってあげるのもいい。それも仕事の内だろうサ。けれど、贔屓しちゃダメじゃないか」

「え?」

贔屓。その意外な言葉の響きに、僕は耳を疑ってしまう。

特別扱いされているようには思えなかったけれど。

「……べつに贔屓なんかしていない。今回はこちらのミスも大きかったからな」

「余計なことをした自覚はあるんじゃないか。あれだけ懇切丁寧に説教を垂れて、しかも怒ってあげるなんてね。いつもだったら、冒険者は自己責任だ、勝手にしろ、で終わりじゃないかい？」

「ッチ」

バルクは舌打ちして目を逸らす。たしかに普段の彼なら勝手にしろって言いそうだ。

——そう言って終わりにしなかったのは、やはり今回の仕事が僕たちには難しいもので、僕たちを指名したのが他ならぬ彼だったからだろう。

贔屓……とはちょっと違うような気がしたけれど、特別な対応ではあったのかもしれない。

「そう、冒険者は自己責任だ。ゆえに自由で、勝手にする権利がある。……だから、キリネ君たちが非難されることはないよ」

ペリドットはそう言って、僕らに笑顔を向ける。


「冒険者は自由であるべきだ」


笑顔のまま、彼は詠うように口ずさむ。

「君たちの前に立ちはだかった敵は強大で、けれどその背後に囚われていた命は尊くて、たとえ得られるものが少なかったとしても、君たちの魂がそうしたいと叫んだんだ。——なら、どこに止まる必要がある。ぼくたちは冒険者。心の赴くまま危険と隣り合わせに生きる者。鎖で縛られるくらいなら死ぬ方がマシだよ」

詩人よりも美しい声で。

「ぼくは君たちを非難しない。立派な行動だったと褒めてあげるし、拍手だってしよう。――そして、安心してくれ。もし君たちが次もそうやって無茶をして、それで死んだとしたら。そのときはちゃんと、笑いものにしてあげるサ」

煌めくように美しい戦士は――太陽の輝き宿すペリドットは、嘘偽りない善意でそう言ったのだ。

「……貴方、ずいぶんいい性格をしているのね？」

あまりに失礼な物言いに、リルエッタが低い声を出す。

けれどその表情に浮かぶのは警戒だ。見れば、ユーネの顔にも同じような感情が宿っている。

なぜ彼女たちがそういう顔になるのか、僕にも分かった。

この人は、違う。どこか決定的なところで、すごく根本的なところで、何かが違う。……きっと誰よりも、殉じている。

「ぼくも冒険者だからね。いい性格にもなるサ」

ペリドットは少女の低い声をそよ風のように受け流す。

「君たちはまだ駆け出しだから知らないだろうけれどね。海猫の旋風団のように強くて名前が通ったパーティにもなってくると、指名依頼も増えてくるんだよ」

「自慢？」

「自嘲サ。強い魔物がウジャウジャ出てきたから、今にも崩れそうな坑道に取り残された者たちを救出に行ってくれ、とかね。海竜の巣の近くで行方知れずになった船を探してくれ、だとかね。ああ、アンデッドまみれになった村へ行って生存者を探してくれ、とかもあったね。そんな危険で、どうせ救いのない依頼が舞い込んで来ては、金銭程度しか出さない依頼人がわめくんだ。なんとか行くだけでも行ってくれ。お前たちなら強いから、なんにもできない弱い自分たちがやるより上手くやれるはずだ、って。そしてそういう依頼を断ると、人はまるで酷いことをされた被害者のような顔をするんだ。無茶を言ってるのは向こうなのにね」

……その光景を想像して、背筋が冷たくなった。

ペリドットがいくら強かろうが、テテニーや他のパーティメンバーがいくら凄かろうが、できないことはあるだろうに。

「でも、たまにそういう依頼を請ける冒険者はいる。彼らはみんな、やり方はある。上手くいけばやれるハズだ。あんなに必死にお願いされたら断れない。そう言って死んでいく。……そんな者たちを依頼人はなんと呼ぶか知っているかい？　──聖人。英雄。勇者だよ。あの方々はとても高潔だった、とても正しい人たちだった、と泣きながら感謝して、その名を覚えてトボトボ去って行くんだ。本当の彼らのことなんて、なにも知らないくせに」

表情にも、声にも、ほんのわずかな指先の仕草にさえも。

そこに、怒りの感情はなかった。ただただ彼は笑っていた。

そうすることだけが正解なのだと、そう言っているかのように。

「キリネ君。君はいずれ、そうやって英雄になるだろう」

死の宣告は、詩歌のように。

「冒険者は自由であるべきだ。君たちは君たちの心の赴くままに冒険へ向かうといい。……安心したまえ。もしそれで死んだとしても、中身のない虚像にされたとしても、ぼくは君たちのことを君たちのまま覚えていて、笑いものにしてあげるよ」

冒険者の象徴のような男はそう言って、ウィンクする。

僕はなにも言うことができなかった。

物語に出てくるような英雄に、憧れたことがないと言えば嘘になる。

けれど神官さんの本で読んだそれは、村で暮らしていた僕にとっては別世界のことに感じた。自分や自分の周りにいる人たちとはあまりにも違いすぎて、僕がそうなる未来があるかもなんて想像もできない。夢見ることすらなくて、漠然としたカッコいいものという認識でしかなかった。

英雄とは——すごく強くて、正しくて、誰もが喝采を送るような活躍をした人。

心底、なりたくないと感じた。

正義も、善性も、命は尊いという神の教えさえも、冒険者を護ることはない。

なぜなら冒険者は、尊いはずの己の命と金銭を秤にかける者。最初から間違えている者たちなのだ

から。

ゆえに依頼人は冒険者の命を尊重しない。絶対に成功しない仕事だって持ってくるし、そんな依頼を断る者を非難するし、それで死んだ者たちの命に責任はとらない。

素晴らしい人たちだったと語って、名前しか合っていない素晴らしい虚像にして、あれは正義感ある彼らが進んでやってくれたのだと解釈して。

自分が出した依頼が殺したも同然だという事実から、目を背ける。

英雄はそうやって造られるのだ。


「しかし、サハギンの奇行は気になるね。ぼくも戦ったことはあるけれど、陸に上がってくる個体なんかほとんどいなかったよ」

僕らとの話は終わったのだろう。ペリドットの興味は流れる水のように変わり、バルクはその唐突な話題変更に軽いため息だけで頷く。

「ああ……まあそうだな。たしかにおかしい。とはいえコイツらは誰かと違って話を盛ったりはせんだろうし……一度その船乗りたちに話を聞いた方がいいかもしれん」

「当事者の証言は重要だね。若い新人じゃ気づかないこともあったろうし、ちゃんと船長に聴取しておくべきなんじゃないかな。……というか、仕事の報告で話を盛る人なんているのかい？　それはさすがにダメだよ。常識がないにもほどがあるね」

「テメェの話だ」

軽口を交えながらも大人たちは益体《やくたい》もない話ではなくて、もっと目先の有意義な話をしだす。

また同じことが起こるなら対策が必要だから、まずはなぜ今回のような事態になったのか調べなければならない。――それはきっと、Fランク冒険者の身の振り方よりよほど重要なことだ。

はぁ、と強張っていた肩の力を抜く。

「え、えっとー……キリ君、大丈夫ですかぁ？」

「ん？　ああ、ごめんユーネ。もう大丈夫」

声をかけられて、振り向くとリルエッタとユーネが僕をじっと見ていた。どうやら心配させてしまったらしくって、その目は不安そうに陰っている。

いつからそんな目をさせていたのだろう。さっきまで、僕はどんな顔をしていたのだろう。気まずくってつい目を逸らしてしまう。

「もう行きましょう。一回座って、水でも飲んで落ち着きたいわ」

リルエッタが僕の袖を引いて、酒場の方の空いたテーブルを指さした。彼女も僕を気遣ってくれている。……つまり、それだけ今の僕は壊れそうに見えたのだろう。

「フムフム、そうだね。考えられる原因として、やっぱりその漁船がサハギンたちを怒らせるようなことをしたんじゃないかな？　網に彼らの仲間をかけてしまったとか」

「ないな。依頼人の話では襲われてすぐ網を捨てている」

「じゃあ違うね。うーん、なんだろう。獲物を横取りしたとか？」

「だから網は捨てたって言ってるだろう。だったらしつこく追いかけ回されるくらいはしても、陸まで上がってくることはないはずだ」

大人たちの会話は続いている。もう僕らには視線も向けない。だってもう、なにどうして、の話。これからどうするか、の話。その両方に、僕たちはいらない。なにもできることはないから。

……ところで、ペリドットはいつから僕たちの話を聞いていたのだろうか。サハギンのことまで聞いていたのなら、もしかしてずっと後ろに並んでたりしたのかもしれない。

この店で一番上位ランクの彼が、一番下位の僕らの後ろにちゃんと並んでいる様子を想像すると、ちょっと申し訳ない気分になってしまうな。仲間を待たせているって話だし。

「うーん、海魔の王が生まれたってことはないかい？　それならサハギン種が攻撃的になってもおかしくないだろう？」

「お伽噺だそれは。それに今回の群は十五そこそこだろう。王が統率するには少なすぎる」

「たしかにちょっと数が寂しいね。ふむ……そうだ、人魚族に聞けばなにか分かるかもしれないよ。マスター・バルク、彼らにツテはないかい？」

「あるな。つい先日、マーメイドの協力で船賭場に侵入した海猫の旋風団ってパーティがいたはずだ」

「フフン、人は忘れる生き物だからね。その話はちょっと記憶にないな。……ああでも、君なら忘れないよう、新人船員君の話をメモしてるんじゃないかい？　ぜひ見てみたいんだが」

雑談まじりの会話はとても真面目には見えないけれど、だからこそ、彼らならこの問題をなんとかするだろうと思えた。

気負わず、互いに遠慮せず、僕には想像も付かない方向からの意見を出し合っている。

割って入るのは邪魔でしかないだろう。僕らにできることはきっと、もうなにもないのだ。

「そうだね、じゃあ座ろっか。報酬は後でもらいに来ればいいし」

僕は袖を引くリルエッタに頷く。それでやっと安心してくれたのか、二人の少女は柔らかく微笑んだ。

テーブルの上の依頼料はまだ店の取り分を引く前だ。勝手にもらっていくわけにはいかない。ペリドットがいなくなってから改めて取りにこよう。

「メモなんか大したことは書いてねえよ。今までの話に出てない情報って言っても……南西にある三日月形の無人島近辺で襲われたってことくらいだ」

「えっ？」

本当にメモをとっていたのだろう。バルクが羊皮紙の束から抜き取った一枚を眺め、その情報を口にし——それになぜか、ペリドットはちょっと過剰なほどに反応した。

「……ペリドット？」

「いや……な、南西の無人島近辺？　だったかい？　ああ、たしかにあの辺りは魚がたくさんいそうだね。漁をするにはいいかもしれないいな！」

「ほう、件《くだん》の無人島にずいぶん詳しいようだな？」

なんか流れ変わったな。

「どうした、海猫の旋風団のリーダー。なにか心当たりでもあるのか？　仮にそれが後ろめたいことだったとして、太陽の輝き宿すペリドットという男は隠しおおせれば良しとする卑怯者だったか？

——なあおい、またいつものようにやらかしたのか？」

「……いや、その……船賭場の依頼の折にあの辺りの島で大量の怪しげな白い粉を見つけて、パーティで遠投の距離を競ったなぁ、とね……」

「そんなもん海に投げ込んだのかテメェ！」

「いやだって、燃やしたら煙吸いそうじゃないか……」

バルクに胸ぐらを掴まれたペリドットは、見るからに汗をダラダラかいて目を逸らす。

怪しげな白い粉ってなんだろう。すごくロクデモナイものって気しかしないんだけれど。

「なにか？　じゃあそれでガンギマったサハギンがやたら凶暴になって船を襲ったとか、そういうことか？」

「いやぁ、日数がたってるからねぇ。依存症で禁断症状になられた皆様方らが積荷に期待したって方が、確率としては高いんじゃないかなぁ」

「なお悪いわ。再発確定じゃねえか！」

さっきからなんの話をしてるのか全然わからない。ガンギマってイゾンショウでキンダンショウジョウってなんだろうか。

リルエッタとユーネを見てみると、二人ともドン引き顔をしていた。どうやら知っているようだ。

「ねえ、怪しい白い粉って……」

「キ、キリ君っ。そういえばお腹空きませんかぁ？　なにか美味しいものでも食べましょうよぅ」

「そうね。わたし、今日は魚以外がいいわ」

たしかにお腹は減ってるし、サハギンの顔を思い出すから魚は食べたくないけれども。

「マスター・バルク。どうか聞いてくれ」

「なんだ？」

「証拠はない」

僕たちは大人二人に背を向けて、酒場の方へ向かう。なんだか疑問は残っているけれど、リルエッタとユーネに袖を引っ張られるから行くしかない。

「そうか。いいか、ペリ坊」

「なんだい？」

「避けるな」

「…………はい」

背後ですごく大きい音がして思わず首を竦めたけれど、恐かったので振り向かなかった。

第五章

ちょうどいい節目

気絶したペリドットは夕方近くに目を覚まし、大慌てでメルセティノに乗って駆けていった。……町の門は日が落ちる時間に閉じるから、ペリドットはもちろん、一緒に行っていたはずのウェインたちも戻ってこなかった。

リルエッタとユーネは宿へ帰っていったし、ニグとヒルティースもゴブリン討伐に行っているからいなくて、僕は一人で槍を手に、夜闇に佇み欠けた月を見上げる。

久しぶりに静かな夜だと思って、そう思ったら店の方から騒ぎ声が聞こえてきて、あの騒がしい彼らがいなくても冒険者の店はこうなんだなと笑った。

月明かりの下、槍を構える。

今日は訓練相手がいないから、素振りだけ。だからいつもの棒じゃなくて槍を持って、誰もいない虚空と対峙する。

頭に思い浮かべるのは、今日戦ったサハギンたち。――けれどそのイメージはどうにもモヤがか

I cheated my age because the Adventurer's Guild only allowed entry from twelve.

かって、すぐに霧散してしまう。

気を取り直して、ウェインの姿を闇に描く。……それも、ダメ。

仕方なくニグやヒルティースを想像しようとして、それもすぐに消え去った。

違う、と感じている。

陸上のサハギンはけっして強くない。けっこう大きいしあの突きは速いけれど、攻撃が単調で移動速度も遅い。たぶん一対一だったら僕でも倒せるし……なにより、もうあんな戦いをすることはないだろう。

ウェインはいつも訓練相手をしてくれるから、今日までわざわざ相手をしてもらう必要はない。明日にでも明後日にでも、本物に教えてもらった方がよほどいい。

ニグとヒルティースとも、たぶんいつでも試合できる。彼らには勝ちたいから戦い方を思い描くのは無意味じゃないけれど、今日はそんな気分ではなかった。

そう。……今、目の前の闇が形取る相手は、その中の誰とも違う。


——君は、ぼくを目指すといい。

踏み込み、繰り出した槍の一撃は、つかみ所のない彼そのもののようにボンヤリしたイメージの像を、いとも簡単に吹き飛ばす。

そんなの、楽なはずはないのに。

「目指せ、か……」

ポツリと呟いてしまって、それから周囲を見回して、その言葉を聴く者が誰もいないことに安堵する。

あれは変な人だ。ダメな人だ。それは間違いない。

けれどきっと、魔物よりもバケモノだ。

「冒険者は自由」

おためごかしを口にする。さっきよりハッキリと声に出す。

そんなはずはない。冒険者になっただけで自由を手に入れられるだなんて、そんな都合のいい話があるものか。

それは単に、自らを護ってくれるものを捨てただけだ。自分自身を鎖で律する必要がある限り、真の自由には届かない。

けれど。

「目指す、だけじゃない。アレよりも強くなれば——」

口にしかけた言葉は、途中で止まる。

それはこの店の一番になるってことで、でも自分はこの店の一番下で。

眉根を寄せて首をブンブンと横に振って、さすがに恥ずかしいなと頬が熱くなって。

なにもない夜の闇へ、素振りを開始した。


「納得いかない」

リルエッタは不機嫌だった。頬をぷくっと膨らませて、唇を尖らせて、タシタシと重くなりきれない足音をたてながら石畳を歩いて行く。

「まあまあお嬢様ぁ。いいことじゃないですかー」

そんな少女をなだめるユーネは上機嫌だ。ふわふわニコニコ、いつもの調子よりもさらにゆるい。

それもそのはずで、彼女たちのカゴはナクトゥルスの根っこで半分も埋まっていた。

「この薬草、常設の中でも二番目に高いやつだからね」

僕のカゴも、ナクトゥルスで半分以上埋まっている。そして、そのついでで採った他の薬草も少しばかり。

ペリドットにこの薬草が収穫できることを教えてもらった僕らは、今日は朝から採取に出て……そして、町へと帰ってきていた。

「だって今日、どう計算してもこの三日間より稼ぎが多いのよ。まだ夕方にもなってないのに！」

ナクトゥルスはマナ溜まりの紫の花の薬草みたいに群生しないようで、ポツポツと広範囲に少しずつ生えていた。そのためあんまり量は採れなくって、三人分のカゴはいっぱいにはなっていない。

……けれど、これで十分。この薬草は高価だから、これでもすごく稼ぎになる計算だ。

リルエッタが言うように、僕らがこの三日で稼いだ額よりも多いくらいに。

「それくらい珍しい薬草なんだよ。僕もこれ、初めて見た薬草だし」

「それは分かるけれど、なんだか納得いかないのよ！」

チェリーレッドの髪の少女がモヤモヤするのも、正直分かる。だって今日の仕事は楽だった。

行って、探して、採取して、帰ってくる。旧道は荒れてたけれど歩きやすかったし、森の浅いところしか入ってないし、もちろん戦闘なんかしていない。

もう十分だからって早めに切り上げたくらいの余裕っぷりだ。

「ところでですけどー、高価な薬草ってマナ溜まりに生えてるものばかりじゃないんですねー」

上機嫌なユーネが、ふとした疑問を口にする。それは僕も少し気になった。高い薬草と言えばマナ溜まりって印象がある。

「魔力を多く含む素材ばかりが魔術や錬金術に使われるわけではないわ。むしろ必要なのが魔力だけだったら、他の素材で代替できてしまうことも多いのよ。手に入れるのが難しくて代替できないものは価値があるから、おそらくだけれどこの薬草、本当ならもっと森の深いところでしか見つからないんじゃないかしら」

さすが魔術士の説明は分かりやすい。実際ナクトゥルスは、マナ溜まりで採取した紫の花の薬草よりもかなり高価だ。きっと希少で代わりのきかない素材なのだろう。

とはいえ……僕としてはあっちの薬草の方がありがたいかもしれない。ナクトゥルスは群生していないから現地でも探し回らなきゃいけなかったし、量が採れないから稼ぎの総額だとあっちの方が大きい。

まあナクトゥルスはまだ探せばあるのだろうけれど、あんまり採っちゃうと来年は生えなくなっちゃうらしいから、これくらいがちょうどいいと思う。

「はぁ……つまり、わたしたちは簡単な依頼をこなしながら、時々キリの知ってる場所へ採取に行くのがいいってことね」

「そうだね。でも、たまには普通の薬草採取も行きたいかな」

「キリ君は採取の仕事が好きなんですねー。……ユーネはやっぱり、治療が必要なお仕事は請けていきたいです。昨日みたいな危険がなければ、ですけどぉ」

石畳の道を歩きながら、僕らの今後の稼ぎ方を話し合う。

リルエッタの魔術は頼りになるし、ユーネだって昨日の漁師さんたちをしっかり治療していたし、彼女たちがいれば他の多くの冒険者ができない仕事ができる。そして僕のムジナ爺さんに教えてもらった採取場所の知識があれば、時々だけれどいい額が稼げるだろう。

うん、悪くない。むしろとてもいい。なんというか……見通しが立ってきた。

「ねぇ、キリ。わたしたちは今日、テテニーさんに教えてもらった宿へ入居するわ」

冒険者の店が近くなって、リルエッタは改めてそう口にした。

それが、今日を早めに切り上げた理由。ナクトゥルスの採取を終わりにしたのは僕だけれど、それは数が減っちゃうことを心配したからで、もう少し粘って普通の薬草を採取する選択はできた。

そうしなかったのは、早く帰りたい理由があったから。

「貴方はどうするの？」

リルエッタだけじゃなく、ユーネも僕を見ていた。

「うんまあ、僕もそろそろかなぁって思ってるけれどね……」

まだまだ僕は弱くって、きっと店でも一番下で、危なっかしいし判断を間違えるけれど。それでも、これからやっていく見通しは立ったのだと思う。

だからこれは、単に踏ん切りがつかないだけだ。今いる場所に慣れてきちゃって、新しい場所へ行くのがちょっと恐くって。……けれど心の内では、あそこに行くことになるんだろうな、って思っている場所がある。

話しているうちにも歩は進み、自分の答えを口にできるまえに冒険者の店へと辿り着いてしまって、僕らは一旦その話を中断して中に入る。

薄暗い店内にはバルクが受付に座っているだけだった。どうやら昼食時も過ぎたこの時間は、この店も静からしい。

「お前らか」

「ただいま、バルク。薬草の検分お願いできる？」

「ああ、ちょうど手が空いたところだ」

僕たちがカゴを下ろしてバルクに預けると、彼はいつものように検分を始める。何を採りに行くかは朝に伝えていたから驚きはしないけれど、高価な薬草だからか一つ一つ時間をかけてチェックしていく。……昨日のことはもう引きずっていないようだ。たぶん、そんなものなんだろう。

その間に僕は、誰もいない店内を見回していた。

「いないね、ウェインたち」

「寝てるんでしょう」

「疲れてそうでしたからねー」

リルエッタとユーネが言うとおり、朝に店へ戻って来たウェイン、シェイア、チッカの三人は疲れているようだった。詳しいことは教えてくれなかったけれど、なんでも徹夜で見張りをしていたらしい。薬草探索に行ってなんでそんな状況になるのかは分からなかったけれど、ランクの高い冒険者にはいろいろあるのだろう。

でも一緒だったはずのペリドットは元気そうで、テテニーさんやがっしりしたドワーフさん、細長い神官さんと騒ぎながらまた出かけていった。なんでも領主様に報告があるんだとか。

ちょっと残念だ。ウェインに相談したくはあったけれど、疲れて寝ているのを起こすほどのことではないし、こればかりは仕方ない。

結局は、僕がどうするか、だけなのだ。

「よし、全部問題ない。これが今日の報酬だ」

検分が終わって、バルクが布袋に報酬を詰めてカウンターの上に置く。見るからにずっしりしているそれは、置かれるときにかなり重そうな音がした。

おお、と声が漏れてしまう。報酬がたくさんあるとやっぱり嬉しい。チラッと見れば、納得いかないって言っていたリルエッタの頬も緩んでいたし、ユーネも素直に喜んでいた。

けれどその顔は、すぐに驚きへと変わる。

「それと、これは昨日の追加報酬だ」

続けて置かれた布袋は、今日の分ほどではなかったけれど、それでもかなり重そうだったから。

「漁船の船長が来て置いていった。お前らに渡せと言ってな」

…………それは。

「昨日の船、三人で乗るにしてはそこそこ大きかっただろ。漁船でも沖へ出るなら、波や魔物にひっくり返されないよう大きくする必要がある。沖へ行ける船を持っているのは腕が良くて稼げる漁師の証らしい。ケチるのは沽券《こけん》に関わるんだとよ」

ああ、そうか……と納得する。

正義も、善性も、命は尊いという神の教えさえも、自ら危険に寄り添う冒険者を護ることはない。

だから依頼人は冒険者の命を尊重しない。死んでも責任は誰もとってくれない。

けれど、感謝されないわけでは、ないのだ。

「こういうこともある、ってことだ。普通はないがな。……あと、これも持っておけ。身元の証明くらいにはなる」

大きな戸惑いと、じんわりとした少しの喜び。それに浸る時間もなく、バルクはさらに何かを渡してくる。

受け取ったそれは、小さな金属板が人数分。暴れケルピーの尾びれ亭という文字が彫られたそれは――冒険者たちが、証、と略して呼ぶものであると僕は知っていた。

冒険者の店の証。

「本来、Fなんてランクは冒険者ギルドに存在しない。実力と信用のない新人は一旦店で預かって、見習い扱いで簡単な仕事をやらせるのが基本だ。Fランクってのはそいつらのことを便宜上そう呼んでいるだけにすぎん」

バルクの説明は、耳に入ってきてもなかなか理解できなかった。

「つまり冒険者ギルドに正式登録させてEランクにするかどうかは店の裁量だ。――お前らの実力はまだまだだが、今回は店とペリドットの責任が大きかった。だから詫びとして判断ミスは帳消しにしてやるとすると、Eランク昇進程度の働きはしたってことになっちまう。仕方ねえからギルドに登録申請しておいてやるよ」

バルクはほとんど事務的に、淡々と説明を終えた。

僕、リルエッタ、そしてユーネは三人で顔を見合わせる。二人ともどう反応していいのか分からない顔をしていた。僕もそんな顔をしているのだろう。

Fランクが見習い扱いってことに、驚きはない。だって僕でも冒険者になれたし。なんの審査もなかったし。

証無しなんて呼ばれることもあったのだから、一人前と見なされてないのは分かる。

けれどEランク、つまり店の証がもらえる日なんて、もっとずっと後のことだと思っていた。……少なくともそれが今日だなんて欠片も予想していなかった。

昨日は怒られて、思い知らされて、自分たちはまだ冒険者のことをなにも分かっていないと痛感したのに――

「よっしゃあっ！　帰ったぞバルクのオッサン！　ゴブリン討伐依頼完了だ！」

「ヒルティースとニグ、帰還しました。依頼達成です！」

唐突にバタンッと大きな音を立てて扉が開き、ニグの大きな声とヒルティースの報告が店内に響く。

あまりに大きな音と声だったのでびっくりして振り向くと、二人は泥とゴブリンの返り血らしきもので汚れたままの姿で、ちょっと驚くくらい上機嫌に笑っていた。いかにも仕事を終えてそのまま帰ってきました、という感じだ。

依頼のあった村がどの辺りにあるのか知らないけれど、もしかしなくてもゴブリン討伐してすぐ、休むことなく戻って来たのではないか。

「どうだオッサン、これでオレたちもEランクだよなっ？　違うとは言わせねーぞ！」

「ああ……苦節半年、ついに自分も証持ちか……」

どうやらEランクになれるのが嬉しすぎて、急いで帰ってきたらしい。

そんなに昇格したかったのか……見習いだもんね。一番下のその下だ。いつまでも留まりたくはないだろう。

「おう、ガキ。お前らも仕事終わりか？　お疲れさん。今回はお前のおかげで——は？」

つい先日すごい勢いで怒鳴られたリルエッタがいることも気にならないくらい上機嫌なのか、ニグが近寄ってきて気安げに僕へ声をかけてくる。

その目が、ある一点で止まった。

「どうしたニグ？　——え？」

続いてヒルティースも固まる。

どうしたんだろう、と僕は首を傾げて、彼らの視線が見ている場所を追ってみる。

「あ」

僕の手には三枚の金属板……冒険者の店の証があった。

「うわあああああああああああああ！　ズリぃ！　なんでガキどもが先にEランクなってるんだよっ！」

「き、き……ききき君らは、安全な仕事ばかり請けてたはずだろうっ？」

「いや、大変だったんだよホントに」

ああああ、と頭を抱えて崩れ落ちる二人から目を逸らす。僕に先を越されたのがそんなに悔しいらしい。悔しいだろうね。半年やってたのに来たばかりの子供に追い抜かされるのってどんな気持ちかな。

この二人は本当に、こう、なんというか……うん。面倒くさい。

「いつの間に仲良くなったの？」

「ですねぇ。ちょっと意外ですー」

眉をひそめたリルエッタが聞いてきて、ユーネがマジマジと床でもんどり打つ二人を眺める。

べつに仲良くなったつもりはないんだけれど。まあ……そうか。

そういうことにしておこう。

「リルエッタ、ユーネ」

今後の見通しは立ってきたし、手元にお金もあるし。

証持ちが厩で寝起きしてるのは、さすがに格好悪いし。

ウェインも……この二人もいるし。

ちょうどいい節目なんだろうなと感じてしまって。

「僕、大部屋に行くことにするよ」

目指せと言われた背中なんかどれだけ遠いのかも分からない。

けれど、それでも僕は一歩、前に進んだのだ。

第六章 戦宴

その青年は、美しかった。整った顔と詩人のような声は皆を振り向かせた。

その青年は、変人だった。他者の目を気にせず、己を憚らなかった。

その青年は、自由だった。何者も彼が彼であることを止めることはできなかった。


その青年は、冒険者だった。


「やあ、楽しそうじゃないか。ぼくも交ぜてくれないかい？」

僕が大部屋に泊まるようになってから数日を経た、とある夜の話だ。

いつものように集まっていつものように開始した僕らの戦闘訓練に、まるで遊びの輪に入りたがる子供のような笑顔で、その青年はやってきたのである。

「ペ……ペリドットさん？　海猫の？」

「ヤべぇ、マジかよ……」

突然の闖入者。それも大物の登場にヒルティースが上擦った声を出して、ニグが臆病な犬みたいに呻る。

厩での最初の印象がアレだったから分かっていなかったけれど、さすがこの店の筆頭冒険者。本来、彼に話しかけられたならこういう反応をするのが普通なのだろう。

僕はといえば、まだこの前のことが少しわだかまっていて、どうすればいいのか分からなかった。

彼はきっと僕がどんな態度を取っても許してくれるだろう。けれどもう最初に会ったときのように接することができないほど、僕はこの人のことを異質だと思ってしまっている。……なので結局、軽く頭を下げて挨拶しただけだった。

「ようペリ野郎。サハギン狩りは終わったのかよ?」

僕や新人冒険者の二人と違って、ウェインは普通に応対する。

「もちろんサ。無人島周辺のサハギンは根こそぎ駆逐してきたとも。かなり余分に狩ってきたから、これからは漁師たちも安心して海に出られるだろう」

「そりゃ重畳《ちょうじょう》。テメェのミスが原因とはいえ、ただ働きお疲れさん」

「なぁに、休暇みたいなものだったとも。たまには水平線を眺めながらの沖釣りも悪くないね」

のんきな口調でチッカが聞いたら羨ましがりそうなことを言うけれど、あくまで釣りはオマケでしかなくて、実際は自分たちの船を囮にサハギンを誘《おび》き出す作戦だったはずだ。

そんなの、あの赤髪のハーフリングは頼まれても行きたがらない気がする。彼女は釣りに行くときは誘ってくるけれど、糸を垂らしてるときに邪魔されるのすごく嫌がるし。

「んで、どういう風の吹き回しか知らねぇが、訓練に参加したいってことだったな。わざわざ棒まで持ってやる気満々じゃねぇか」

ウェインの言うとおり、ペリドットは鎧こそ着ていなかったけれど、試合用に用意したのか木の棒を持っていた。

棒の長さは、彼の身長ほど。……そういえばペリドットは槍使いだったはずだ。つまり自分が全力を出せる武器をわざわざ準備してきた、ということ。

ここに来たのは気まぐれだろうけれど、本気を出すための用意は調っている。——であるなら、暴れケルピーの尾びれ亭筆頭の冒険者である彼の目当ては、その実力を発揮するに値する者だろう。

「いいぜ。歓迎してやるよ。……テメェとは一度、試合《や》ってみたいと思ってたんだ」

ザワ、と夜の空気が震えた気がした。

怖じるどころか不敵な笑みまで浮かべて、この四人の中で間違いなく一番の実力者が前に出る。目ざとい誰かが気づいたのか、店の方から慌てて酒瓶を抱えた野次馬たちが出てきた。ニグとヒルティースがゴクリと生唾を飲んで、対峙する二人を見守っている。

僕も、これから行われる一戦に鼓動が速まった。

彼の存在だけで、いつもの夜はその様相を一変した。……戦宴が、始まったのだ。

「いや、ごめんザーナード。君に興味はないんだ」

その言葉に、熱を帯び盛り上がりかけた空気が一気に冷めた。

面白い見世物が始まると期待した野次馬たちは絶句し、ニグとヒルティースは間抜けに口を開け、僕はパチクリとまばたきする。

「……ウェインだっつってんだろ」

額に青筋を浮かべたウェインですら、それしか言えない。それくらいに空気を読まない台詞だった。

「そうだったかい？　まあいいサ、どうかそこをどいてくれたまえ。実は今日はね、そこにいる彼に試合を申し込みに来たんだよ」

ニコニコと自分の用件を伝える彼の顔や声には、大勢の前で相手の名前を間違えたことを悪びれる様子はない。

なんというか、すごい精神力だ。マネできない。

「彼って、アレにか？」

ウェインが肩越しに、親指で誰かを示した。その声には深い呆れが含まれている。

「そうそう。べつにいいだろう？　それとも君の許可が必要かい？」

「……いやまあ、好きにすればいいけどよ」

ふと視線を感じて気づけば、ニグとヒルティースが僕の方を見ていた。誰か後ろにいるのかと思って振り返ってみたけれど、騒ぎ目当ての野次馬たちしかいない。そしてなぜかその野次馬たちも、遠巻きに僕を眺めている。

ん？　と思ってもう一度前を向くと、ウェインとペリドットもこちらへと視線を注いでいた。

「ガキんちょ、ご指名だとよ」

「んん？」

意味が分からなくって、変な声が出てしまって、そうしているとぐいっと背中を押された。

「い、行け！　いいから行け！」

「墓参りには行ってやる！」

ニグとヒルティースに押されて、ワケも分からないまま無理やり前に出させられる僕の肩に、完全にやる気をなくした表情のウェインがポンと手を置いた。

「殺す気でやれ。つーか、できるなら殺せ」

それ助言なのかな？　って言葉を残して、僕とすれ違うようにこの場を離れていく。

――そうして、僕と彼は二人になった。

嘘のように、対峙した。

「やあ、キリネ君。今日は突然すまないね」

「え……いえ、そんなことは」

今のこれがどういうことなのか理解はできたけれど、状況に頭が追いつかない。

大勢の目に晒されているのは居心地が悪くて、目の前の相手は試合用の棒を持っていて、僕も同じように棒を手にしていた。

「海猫の旋風団リーダー、太陽の輝き宿すペリドットが、腰抜けムジナの弟子キリネに試合を申し込む。――受けてくれるかい？」

受けてくれるか、と聞かれて、受けない選択もあるんだなぁと他人事のように考えた。

そしたらきっとこの人は、ニコニコ笑って残念だって肩をすくめて、そうして惜しげもなく去って行くのだろう。

「――受けます」

考えるより口が動いて、身体が勝手に構える。

そうしたいと魂が叫んでいた。ならば、なぜそれを止められようか。

ペリドットが微笑み、そして笑みを消す。初めて見る真剣なその表情は美しく、恐いほどに格好良かった。

彼が棒を――槍を構えれば、ざわめいていた野次馬たちですら口を閉ざす。

その一時の静けさが、やけに涼やかで。

「試合開始」

ウェインの声が、始まりを告げた。

ウェインは槍の基本を教えてくれたけれど、彼のメイン武器は剣だ。槍ではない。ニグやヒルティースの武器も剣だから、夜訓練の槍使いは僕だけである。

思えば僕は、槍使いが戦う姿を見たことがなかった。

ザワ、と夜風が吹く。月光に照らされた明るい緑の髪を揺らす。

半身に構え、姿勢はやや前傾。腰は軽く落とし、肩の力は抜いて。棒は真っ直ぐに僕へと向けられて。

その姿だけで恐ろしいと感じてしまった。まだ初心者の枠を抜けられていない僕ですら分かる。それはあまりにも自然だった。

どこにも力みがなく、淀みがなく、隙など見当たるはずもなく、そうすることが日常の一部かのように馴染んでいる。きっと彼は起き抜けに、ゆったりと伸びをするような気安さでこの姿ができるのではないか――そんな、なんの意識もない完全な構え。

染み付いた理想型は積み重ねた研鑽そのもの。魅入ってしまいそうになるのを自制することすら困難だ。

「…………っ！」

格が違うのは知っていた。けれど打ち合うこともなく見せつけられるとは思わなかった。

観察する……相手の重心はやや前だ。

とにかく一つ、自分でも分かることを確認して、僕自身は重心を後ろへ引いた。少しでも前傾姿勢なのだから、きっと攻撃してくるつもりのはず。防御を意識したところで対応できるかどうかは分からないが、むやみに突っ込んでも勝てる気は微塵もしない。

一つ、一つだ。

距離を測る。測りにくい。それだけのことで焦って呼吸が浅くなってしまう。

真っ直ぐに僕へと向けられた棒が感覚を狂わせていた。正確に僕の目へと向けられたそれはピタリと静止し、僕の視線とほとんど角度が一致している。

——つまり、棒の先端しか見えないのだ。

長柄の先端しか見せず、距離を測らせない。そんな技術があるのか。あったとして、実現可能なのか。……そんな疑問を挟む余地もなく見せつけられれば、引きつった笑いしか出てこない。

落ち着け。思い出せ。棒の長さは開始前に見ている。たしかペリドットの身長と同じくらいだった。

互いのつま先の距離から計算する。二歩。相手の間合いに入るまで、二歩の距離があるはずだ。だからすぐに攻撃はない。

ふぅ、と一つだけ息を吐いた。汗が顎の先から滴り落ちるのを感じた。

相対する敵は構えているだけなのに、息をするだけでも一苦労。

相手の構えは、きっと槍の基本形。他の形を知らないから、多分あれが基本なのだと思う。

ウェインに教えてもらった形に似ているそれは、けれどもっとずっと洗練されていて、僕の姿勢が悪いところだらけだって教えてくれるよう。

……それでも、やられて嫌なことは知っている。夜訓練で何度か身をもって経験している。半身に構えるから、背中側の死角には移動されたくない。

僕は移動のため足を動かそうとし――動かせなかった。

足を浮かせた瞬間。靴が地面を離れるよりも前。ピクッとペリドットの持つ棒の先端が動いた。

来るか、と反応した僕は身を固くしたけれど、攻撃は繰り出されなかった。なにもなかったかのように、ペリドットは静かな構えを続けている。

じり、と生ぬるい空気が纏わり付くのを感じる。

牽制……いや、もし足が地面を離れていれば、その瞬間に二歩の距離など容易《たやす》く詰めて棒を叩き込まれただろう。そんな確信に、背筋から震える。

深く呼吸できない。心臓の鼓動がうるさい。じっとりとした手汗で棒が滑らないか心配になる。頭がどうにかなりそうだった。構えて立っているだけでドンドンと消耗する。

待て。……待て。ペリドットは自分から攻撃してくるつもりだ。そのための前傾姿勢だ。自分から隙を作るような動きをすれば、その一瞬で獲られる。

そう、だから……待て。

もう一度自分の構えを調整する。半身に構え、姿勢はやや後傾。腰は軽く落とし、肩の力は抜いて。棒は真っ直ぐにペリドットへと向けて。

来るなら来いと、じっと睨み合う。

——いったい、どうしてこうなったのだろうか。なぜ彼は僕に試合を申し込んでくれたのだろうか。

理由はあるのだろう。意味はあるのだろう。意義だってあるのかもしれない。

けれどきっと、深いところを考える必要はないのだ。ペリドットは理由を語らなかったのだから。

ただ、勝負を申し込んできたのだから。


全力でやれと言われている。

全力でやると言われている。


それだけを分かればいいのだ。

……どれだけそうしていただろうか。

攻撃はなかなか来ず、けれど確実に圧は増して、動いてもいないのに服が重く感じるほど全身から汗が流れた。

視線を受けているだけでビリビリしたものが肌を這うようで、突きつけられた棒は鋭い切っ先の槍として幻視させられ、あのわずかに後傾姿勢で構える姿がやけに大きく見えて、まるで神話の巨人でも相手にしているような気分になってくる。

すごくて、恐ろしく、そして……嬉しい。

こんなのが存在するのか、と。

「あれ……？」

違和感がよぎる。何かが違うと感じて、それが何か分からなくて、けれど確実に変わったものがあると直感が訴えていて。

それがなかったらきっと、受けることすらできなかっただろう。

踏み込みすらなく、ペリドットの槍が繰り出される。——その光景が美しすぎて、凄まじすぎて、見惚れてしまいそうなほどで。


「勝負あり」

ウェインの声が聞こえて、ペリドットの棒が鎧に押し当てられていることに気づいて、僕はその試合が終わったことを知った。

信じられなかった。理解できなかった。

とっさに防御したはずの自分の棒は、見事に真っ二つに折れている。意にも介されず貫かれたのだ。なのに衝撃があったはずの手に痛みはなくて、ほんのわずかに痺れが残っているくらい。どんな技であればこうなるのだろうか。

いや、それはいい。それはいいのだ。分かるから。特等席で見たから分かるのだ。あれを受ければこうなるだろうと分かってまうのだから、もういい。

けれど――それでも理解できないことはある。間合いはまだ二歩分空いていたはずなのに、ペリドットは踏み込むことすらなく槍先を届かせていた。あれは……。

「魔法……？」

「まさか」

ペリドットはやっと笑って構えを解くと、もう一欠片の興味も失ってしまったかのように、棒を地面へと捨ててしまった。

「片付けておいてくれたまえ。それくらいは敗者の義務だろう？」

ニコリと笑った彼は踵《きびす》を返す。肩越しにヒラヒラと手を振って、夜の闇へと去って行く。

あまりにも素っ気ない、彼らしくない終わり方。けれどだからこそ、僕は自分の負けをやっと理解できた。

完敗、なんて話じゃあない。一歩も動けなかった。

「おま……お前！　ズリぃぞガキこのヤロウ！」

「本当にズルいな……」

声が聞こえて、振り向けばニグとヒルティースが悔しがっていた。手をワナワナと震わせて、嫉妬と感動に震えている。

ペリドットと試合した僕が羨ましいのだろう。どうやら、というかやっぱりというか、あのキラキラの戦士は新人冒険者にとって特別な存在らしい。

でも、ズルいって……なんにもできずに負けただけなんだけれど。

周囲を見れば、集まっていた野次馬たちはもう誰も僕なんか見ていなかった。みんな演《だ》し物は終わったのかと店へ戻って行く。その場に留まっている者たちも、さっきの試合とも言えない試合に見所はあったのかと雑談したり、ペリドットの奇行について推測したり。

誰も僕のことなんか気にしていなくて、つまりこの結果は誰から見ても当然で、それが分かったらフフッと笑ってしまった。

「ああ……悔しいな」

そう口にしたらやっと肩の力が抜けて、涼やかな風を感じながら捨てられたペリドットの棒を拾いにいく。疲れすぎて歩くのもフラついて、汗だくの火照《ほて》った身体が冷えていく心地良さに身を任せながら倒れ込みたかったけれど……敗者の義務は果たさなければならない。

屈んで、手を伸ばす。

「…………——」

月明かりに照らされた地面に、土を擦った跡があった。最初、なんだろう、と思って、それが靴の跡だということに気づいて、両膝と両手をついてそれを凝視する。

ちょうど、二歩分の距離。

測れない棒の長さ。死角に動こうとしたときの牽制。重心は前に置いていたくせに、なかなか攻撃してこない長い時間。

違和感の正体が分かった。

最初は前傾姿勢だったのに、最後は後傾姿勢に変わっていたのだ。

「ほんの少しずつ、前へ」

じりじりと靴底を擦りつけながら。

わずかずつ重心の位置を変え、上半身だけをその場に残し視覚的な距離を誤魔化して。

攻撃が届くその距離まで。

まるでそれは――こうやって進んでいくんだぞと、言われているようで。

ああ、そうか。これは……たしかにズルいって言われるだろう。

僕はそう妬まれても仕方がないくらい、すごい人に教えを受けたのだから。

「待てよ、ペリ野郎」

路地裏へと消えていこうとする男を呼び止める。

足を止めたそいつは俺の顔を見て、おや？　という表情をした。

「どうしたんだいマルケンス。なんだかご機嫌斜めだね？」

「ウェインだっつってんだろうが」

本当に人の名前を覚えない野郎だ。普段ならそういう奴だから仕方ないで済ませてやれるが、今はイラッとする。

だが……それでもここは流しておいてやろう。俺のことはどうでもいい。

「ずいぶんお前らしくねぇことしたな。そんなにガキんちょが気になるか？」

「借りを一つ返しただけサ」

ペリドットは肩をすくめる。

「なにせ今回、彼には借りばかりつくってしまったからね。ムジナ翁の話に、採取場所の情報。そしてぼくらが原因かもしれない事件を死者なく収めてくれたこと。なんとこのぼくが三つも借りてしまった。さすがに一つくらいは早めに返しておかないと、筆頭冒険者の名が泣くってものだよ」

借り……まあ借りだろう。この店の一番上が、このペリドットという男が、新入りに借りを作ったままでいられるワケがない。

コイツは槍使いで、ガキんちょも槍を使う。ならば技を見せてやるのは……それが絶技であるのなら、一つ分を返したことにもなる。変人で奇人で分かりにくい野郎だが、コイツなりにスジを通していたらしい。

「それで、あの技か」

「なかなかのものだったろう？　突きは槍使いが最初に覚え、最期まで追い求める技さ。ぼくもまだ極めたなんて言えないけれど、彼の参考になるくらいには……」

「しらばっくれるんじゃねぇ」

苛ついていた。……うっかりすれば、あの笑みを殴り倒しそうなほどに。

「突きを打つ前の話だ。あんなの冒険者に必要な技じゃねぇだろうが。魔物相手にゃ使わねぇんだよ、間合いを誤魔化しながらチマチマ移動するなんてしみったれた技術は」

一対一でなければ成立せず、敵に増援の可能性があれば時間はかけられない。そしてなにより、あんな長時間の睨み合いを普通の魔物がするわけがない。

「アレは、人を殺すためだけの技だ」

槍使いの男は口の端を吊り上げる。

「それが?」

「アイツには必要無いっつってんだよ」

「ああ、なるほどね。それが君か」

うんうん、と納得したように、彼は口元に笑みを貼り付かせて頷く。

「ならば反論してみよう。いいや、彼にこそ人を殺す技は必要だ、とね。——人の命は尊い、なんて真顔で言っちゃえる少年だよ。せめて手札くらいは揃えておかないと、そのときがきたら為す術なく死んでしまう」

「つまり、わざとアレを選んだってことでいいな?」

人を殺すためだけの技術を、人を殺させるために教える。

子供に渡すにはあまりにも物騒で、あまりにも血なまぐさい贈り物だ。完全にどうかしているのではないか。

もっとマシなものなんて、いくらでもあっただろうに。

「君だって先日、ぼくらと一緒に人と戦っただろう?」

「あんなのは本来衛兵の仕事だ。冒険者の本筋からは外れてるだろうが」

「隊商や商船の護衛は賊の相手をすることも多いけれど?」

「ガキんちょ共はそんな仕事請けねぇよ」

クックツと、その男は笑う。可笑しそうに。嘲笑うように。

哀れな道化でも見るように。

「君たちがやっている訓練は? 人対人の試合をするじゃないか。アレは人を殺す技を磨いていることにならないのかい?」

「訓練のために魔物を用意しろってか?」

「ハハハッ! たしかにね。今の質問はぼくが意地悪だった。許してくれたまえ」

心の底から小馬鹿にしたような嘲笑に、殺してやろうかとすら感じた。同時に、コイツでもこんなふうに笑うのかと意外に感じる。

この男は他人に興味がない。自分自身で完結している。だから自分と他者を比べて見下すようなこともしない。……そんな印象だったが。

「けれど、君がそれに憤るのは滑稽だよ、傭兵」

低い、怒気すら帯びたその声と共に、ざわりと空気が変わる。男の雰囲気が一変する。

夜の闇が一気に濃く、重く、冷える感覚。

そこに剥き出しの殺意があった。

「君の生業《なりわい》は戦争と人殺しだろう？　冒険者ごっこは楽しいかい？　これ以上ぼくらを侮辱するなら殺すけれど、まだこの会話を続けるつもりかな？」

「……傭兵は二年以上前に辞めてんよ」

ペリドットという男を理解するのは難しい。

おそらく無理だ。コイツは奇人変人の類で普通じゃない。分かろうとすることが、そもそも無駄な行為なのだ。

——そう、思っていた。

「返り血を人から魔物に変えただけだろう？」

怒りという感情はその者の本質を透かす。そいつがなにを大事にしているか分かるから、否が応でも分かってしまう。

つまり……この男は冒険者だった。

「人を殺すのが嫌になってここに来たのかい？　意外とナイーブじゃないか。ああ、だから彼には槍を持たせたとか？　君の剣は人を効率よく殺すためのもの。あんな子供には教えたくないと考え、あまりよく知らない武器を持たせたわけだ。……なんて可哀想な話だろうね。君の下らない感傷のせいで、彼は中途半端な技しか持てず冒険へ向かわなければならない。それは彼にも、彼の冒険にも失礼だとは思わないのかい？」

誰よりも、冒険者であることに誇りを持っていた。

「ああ、そうそう。可哀想といえば君の前のパーティにいたラナとミグルだね。あの二人は本当に可哀想だったよ。あまりに実力の違いすぎる君と組んでしまったばかりに、まるで子供が引率されているようだった。安全を担保された冒険ほど薄ら寒いものはない。きっと……つまらなかったから辞めてしまったんだろう」

「テメェ……！」

二人は結婚し、幸せそうに引退していった。その元仲間たちとの関係を知った風に言われれば、大人しく黙っている道理はない。

目障りになるなら殺すとほざいたか。それは殺される覚悟があると受け取ろう。

「なあ傭兵。君は、全力を出し切るような冒険をしたことがあるのかい？」

「……――ッ！」

その声音には憐憫すら混じっていた。

「あの二人の真実がどうあれ、君よりだいぶん実力が劣っていたのは事実だろう。そんな仲間に合わせれば、君にとってはヌルい仕事ばかりだったはずだ。……どうだい、傭兵で鳴らした腕で活躍するのは気分が良かったかい？　あの二人のために役立てていると感じて嬉しかったかい？　逃げてきた自分にも居場所があるのだと誇らしかったかい？　必死に頑張る二人は、余裕顔で戦果を挙げる君を見てどう思っていただろうね？」

ラナとミグルが結婚してソロになった俺は、Ｆランクのパーティに誘われたときに受けなかった。ムジナ爺さんが乱入してハッキリ言ってやってくれなくても、あの話は断固として受けなかっただろう。

冒険者は同じくらいの実力の者たちで組むのがいい、という通説を知ったのは、パーティを組んだ後だ。けれどそれを理解できたのは結局、泣きながら酒をあおってたときだった。

「君は、君が最初から本気で挑まなければならないような、心の底からワクワクするような冒険は、いまだ経験していない。なあ傭兵、冒険者ごっこは楽しかったかい？」

この、男は。このクソ野郎は。

テメェだって、大概ダメ人間側のクセに。

「だから君は、キリネ君よりもよほど甘っちょろいままなんだ」

どうしてここまで、冒険者なんてものを貴いと信じられる。

「遺跡から宝を持って出てきた者を襲う冒険者狩りは知ってるかい？　報酬を払いたくなくて依頼達成した冒険者を殺そうとする村人の話は？　依頼内容がカチ合って冒険者同士の戦いに発展した例が珍しいとでも？　冒険者をやっていれば人と殺し合うことだってあるサ。――どんな状況でも対応するのが冒険者だ。君の勝手な願いを彼に押しつけるのはやめたまえ」

言うだけ言って、男は背を向ける。

おそらく元から俺になんの興味もなかったのだろう。……それこそ、名前を覚えるのも面倒なほどに。

「冒険者は生き様だよ、傭兵」

男は路地裏の奥へと去って行く。

その姿が闇に消えるまで、もう一度もこちらを振り返ることはなかった。

エピローグ　これは一人の子供が、冒険者になる物語

冒険者は生き様だという。

危険を冒す者だから冒険者。自らの命を軽く見積もり、日常的に危険へ飛び込む者。

そんな者たちへ訪れる死に価値などない。外様の誰も彼もが目を向けやしない。そんなことをしていれば命を落とすのは当たり前だからだ。

遅かれ早かれ冒険者はいずれそれを知ることになる。――そうして、死に様よりも生き様を考えるようになるのだ。

つまり、どう生きるか、と。

冒険者は自由だ。どんな道でも選ぶことができる。自分の矮小さを知って酒場で腐りながら日々をやり過ごすこともできるし、自分が死んだところで世界はなにも変わらないのだからとさらなる危険へ飛び込むこともできる。もちろんそれが許せず、誰もが目を向ける存在になろうと足掻いてもいい。あるいはそこで冒険者をやめる選択もできるだろう。

I cheated my age because the Adventurer's Guild only allowed entry from twelve.

選ぶのは当人で、その選択に誰も文句など言いはしない。

ただ、それに直面し、臆さず向かい合い、己が生きる道を選ぶことができれば。その者はきっと、この問いの答えを得るだろう。

即ち――あなたは、なにものでしょうか？

槍を構える。半身にして腰を落とし、槍先は少し上向きに。余計な力みは極力入れない。

記憶の中のあの構えへ重ねるようにして、目の前のなにもない空間にあの戦士を思い描いて、ピタリと静止した。

そのまま、ジリ、と靴をほんのわずかだけ前へ動かす。それだけのことがずいぶん難しい。

当然だけれど足裏には体重がすべて乗っていて、土の地面は踏み固められた雪のように滑りはしなくって、相手に気づかれないように少しだけなんて動きがなかなかできない。それでもやろうと思えば構えに力みが出る。

「それにしても文字通り手も足も出なかっただなんて、さすがに驚くわ。そんな芸当ができるなんてあの男、本当に強い冒険者だったのね」

「ですねー。まあ、最高ランクパーティだから当然なんですけどー」

木陰に座ったリルエッタとユーネがなんとも言えない表情をする。そりゃあ、あの人の普段の姿を見れば、まさかそこまで強いだなんてなかなか想像できないと思う。

いつも戦闘訓練をしている裏庭だった。ただし今は夜ではなく朝、それも早朝だ。冒険へ出る前に一度あの動きをなぞっておきたくて、二人にワガママを言って少しだけ時間をもらっていた。

「重心じゃねぇか？　片足を動かすときはもう片方の足に体重を預けるんだよ」

「バカかニグ、それじゃどうしたって身体が動くだろう。相手に気づかれず距離を詰めなければ意味がない」

「けどよヒルティース、ペリドットさんならできそうじゃね？」

なぜかいるニグとヒルティースが、僕の横で自分たちも実践しながらどうやるのかを議論している。昨夜は足跡の意味を教えてあげたら、大部屋で寝るまで感動しながら話し合っていた。この調子だとこの二人、今日は仕事に行かずあの足運びを練習するつもりかもしれない。

「お、やっほーチビ、なにやってんの？」

窓からこちらが見えたのか、顔を覗かせた赤髪のハーフリングがこちらに手を振ってくる。

「槍の練習にしては変な構え」

その彼女と一緒にいた魔術士がそう言ってあくびして、僕はいつの間にか肩や足に力が入りすぎていることに気づいた。

これはダメだ。こんなんじゃなにかやってるってバレバレだし、相手が攻撃してきたりしたらまともに受けることもできないのではないか。本末転倒とはこのことだ。

ため息を吐いて構えを解く。ただゆっくり移動するだけなのに、こんなに難しいとは思わなかった。

「おはようチッカ、シェイア。昨日、ペリドットさんがやってた動きができないかなって」

「あー、あいつの奇行のモノマネ？」

「アレみたいになるのはやめた方がいい」

べつに普段の姿を真似ようとしていたわけじゃないんだけど。

まあ二人ともあの試合は見てなかっただろうし、僕の構えも変だったから勘違いするのも無理はないか。ちょっと恥ずかしいな。

もう少し詳しく説明しようかなと思って見れば、窓越しにもう一人、少し不機嫌顔の男がいることに気づいた。金属鎧の戦士。

「ウェイン。あれってどうやるか分かる？」

昨夜はあれからなぜかいなくなっていて、どこに行ったのかと思いながら大部屋に戻ったらすでに眠っていた。だから今まで質問できなかったけれど、この青年なら答えを知っているのではないか。

そう思って聞いてみたのだけれど、彼は一つ大きなため息を吐く。

「……教えてもらったんだろ。なら自分で考えろ」

むぅ、と僕は呻る。それはなんだか、たしかにそうするべきな気がした。

試合という形式ではあったけれど、ペリドットの技を見たのは僕だ。その技を盗むのなら、僕が自分で辿り着かなければならない。

「うーん……」

目をつぶって思い出す。試合中はまったく気づけなかった。気づいたのは、あの靴を擦りつけたような足跡を見たからだ。たしか、あれは……どこか、ギザギザしていた気がする。

「あ、そっか。こうだ！」

僕は槍を構える。さっきと同じように半身に構え、前に出した左脚の爪先を少しだけ浮かした。踵を軸にして、足首を捻るように爪先の位置をずらす。そうしたら、次は爪先を地面につけ逆に踵を浮かした、また足首を捻るように位置をずらす。

この一連の動きが終わると、ほんの少しだけ、指先よりも短い距離を左脚が前へ進む。

ニグとヒルティースが、おおー、と歓声を上げて真似を始める。その動きは傍目から見てもかなりぎこちないし練習が必要だろうなと思うけれど、やり方は間違いないはずだ。

ペリドットは気の遠くなるようなこの動きを、あの試合中に繰り返して距離を詰めていた。

「実戦では使えないわね」

「毛虫みたいな動きですねー」

稼いだ距離があまりにも短かったからか、それとも動きがぎこちないからか、リルエッタとユーネがおかしそうに笑った。

僕、これにやられたんだけどね?

「でも、ずいぶんと熱心ね。貴方、明るい内に槍の練習することってなかったじゃない。どういう風の吹き回しかしら?」

リルエッタにそう言われた僕は、そうだったかなと首を傾げる。

たしかに冒険中は周囲を警戒しないとだから槍の練習なんてしないし、こうやって朝に訓練するのも初めてだ。二人は夜遅くになる前に帰っていくから、僕が訓練してると新鮮に見えるのかもしれない。

でも、うん。そうか。たしかに僕にしては、ちょっと珍しいことしてる。

「んー……昨日、ペリドットさんと試合したときのことを忘れないうちに、ってのもあるけれど」

言葉を探しながら視線を上へ向けると、空は雲一つなく抜けるように蒼くって。

レンガのおじさんのときは、強そうに見られたいと思った。護衛の仕事でも信用されるくらいに。

廃墟の調査では、強くなりたいと思った。仲間の時間稼ぎがちゃんとできるくらいに。

サハギンの依頼を終えた後にペリドットと話して、一番強くなりたいと思った。本当に自由に生きられるように。

そんな思いは、ニグやヒルティースとの試合で自分の弱さを思い知らされて、ペリドットとの試合で目指す場所が遙か遠くであることを教えてもらった今、とてもじゃないけれど口にできなくて。

でも、それでも一歩ずつでいいから、前に進みたくて。

紐を通して、首から下げた小さな金属板に触れる。暴れケルピーの尾びれ亭の店証。

冒険者ギルドのギルドカード。

まだ足りないものばかりだし、身体も技術も知識もとても一人前とは言えないけれど、それでも自分は証をもらってここにいるから。だからきっと、こう答えるくらいはいいと思う。

「僕は、冒険者になったから」

あとがき

みなさん食べ物はなにが好きですか？　私は海産物が大好きです。魚に貝にタコイカエビカニと、美味しいものばかりですよね。クラゲやナマコやホヤなども珍味って感じでたまに食べたくなります。海藻サラダなんていくらでも食べれちゃいますね。

海へ釣りに行きたいなと思いながらはや数年、海なし県在住のＫＡＭＥです！

さてやはりというかなんというか、人は自分にないもの、遠いものに憧れを抱くものだからでしょうか。この作品の舞台として選んだ町の名はヒリエンカ、海に面した港町です。

今まで何度も海には行きましたが、いいですよね海。海原に船が浮かび、海鳥が群をなし、波打ち際をヤドカリが歩く。観光で人気な綺麗で泳げるビーチも好きですし、少し磯臭いけれどいろんな船が見られる漁港も好きです。風と高波で削れた岩の海岸もいいですね。山育ちだからか、海のある場所へ行くときはかなりテンションが上がります。

今思えばヒリエンカの舞台はいつか海を見た日に胸に抱いた、こんな港町に住んでみるのもいいな、という憧憬で選んだのではないでしょうか。潮風を感じられる土地で毎日ゆっくりと釣りしたり、美味しい海産物を食べて生活するとか最高の夢ですよね。いつか銛突きとかも体験してみたいです。

……まあ今は海が遠いので、資料探しが大変なのですが。

今回は三巻にして初めて海辺の戦闘があったのですが、ネットや本で調べたり海へ行ったときの写真を見て思い出したり、描写を考えるのに苦労したのを覚えています。

なんで私は楽に取材できる場所を舞台にしなかったのでしょうか。海が好きだからですね。好きは正義ですので仕方がありません。

というわけで「冒険者ギルドが十二歳からしか入れなかったので、サバよみました。3」いかがでしたでしょうか？

私にはこの小説を書き始めた当初から、冒険者っていったいなんなのだろう、という疑問がありました。当然ですが現実世界には、剣と魔法で魔物相手に戦う冒険者という職業はありません。遺跡発掘は考古学になるでしょうし、未開の地へ向かう冒険家は語感こそ近いかもしれませんがやっぱり違いますよね。

ファンタジーの世界にしかない職業、なのに多くの物語で当たり前のように出てくる彼らは、いざ真剣に向き合ってみるとなかなか不思議な人たちです。

今回はそんな疑問に想いを馳せ、私なりに出したこれが冒険者だという答えの一つを、キリにとって縦と横に位置する人たちを主軸に書かせていただいた話となっています。

冒険者ってこういう奴らだよな、って笑いながら読んでもらえたなら嬉しいですね。


この作品も三巻となりまして、そろそろ私も書籍を出すということにだいぶん慣れて……はいませんね。いつもヒィヒィ言いながら、いろんな方に迷惑をかけてやっています。

特に編集さんと校正さんには頭が上がりませんね。自分で見直しても気づかない間違いって本当に多いんですよ。毎回助けていただいています。ありがとうございます。

助けていただいていると言えば、毎回素敵なイラストを描き上げていただいているｏｘ先生、コミカライズを担当していただいているＧＵＮＰ先生ですね。いつもありがとうございます。

そしてもちろん、この作品を手に取っていただいたすべての方々も。本当にありがとうございます！

どうか、今後とも応援していただければ幸いです。

GC NOVELS

冒険者ギルドが十二歳からしか入れなかったので、サバよみました。③

2024年5月5日　初版発行

著者　KAME
イラスト　ox

発行人　子安喜美子
編集　和田悠利
装丁　AFTERGLOW
印刷所　株式会社エデュプレス
発行　株式会社マイクロマガジン社
URL:https://micromagazine.co.jp/
〒104-0041
東京都中央区新富1-3-7　ヨドコウビル
TEL 03-3206-1641 FAX 03-3551-1208(販売部)
TEL 03-3551-9563 FAX 03-3551-9565(編集部)

ISBN978-4-86716-567-6 C0093

冒険者ギルドが
十二歳からしか
入れなかったので、
サバよみました。
コミカライズ版
待望の単行本①巻
4月26日発売!!
コミックライド
Comic Ride
にて
好評連載中!!
漫画＝GUNP 原作＝KAME キャラクター原案＝OX